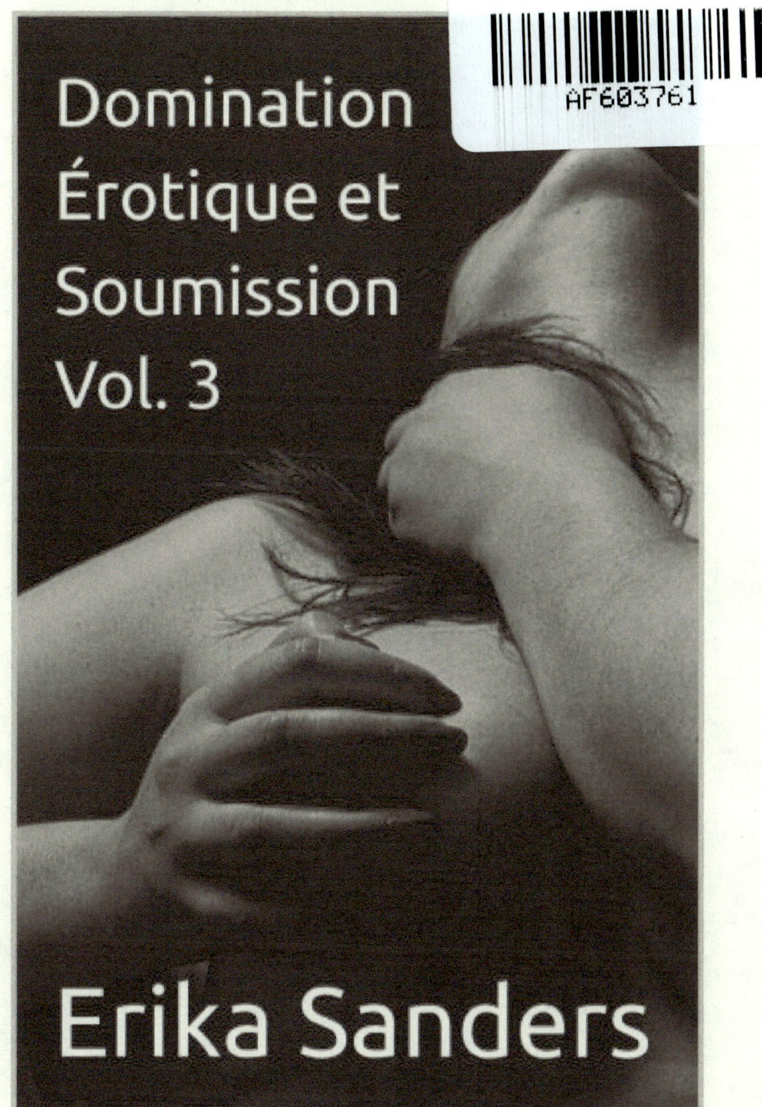
Domination
Érotique et
Soumission
Vol. 3
Erika Sanders

Domination Érotique et Soumission
Vol. 3

Erika Sanders
Série
Collection de domination érotique

Image de couverture : © krivitskiy- Pixabay, 2025

Première édition : 2025

Synopsis

Ce volume contient trois titres BDSM romantiques et érotiques à fort contenu.

Petite amie dominant:

Après des années d'absence, Andrew retrouve sa vieille petite amie désireuse de se réconcilier.

Mais elle n'est plus la même ... et est méchante et blessée avec lui.

Andrew acceptera-t-il la nouvelle Veronica, plus confiante? Que fera-t-elle pour se venger de sa trahison?

Katia:

Katia est une jeune émigrée d'Europe de l'Est qui travaille comme escorte dans une agence d'escorte pour obtenir des papiers de résidence.

Un jour, on lui propose une offre très alléchante mais qui impliquerait de la douleur, peut-être beaucoup de douleur.

Sera-t-il capable d'accepter cette offre étrange pour atteindre ses objectifs?

Sexe dans les transports publics (Interracial):

En ville, il y a une forte augmentation des agressions sexuelles sur les jeunes filles dans les lieux publics, les bus, les métros, etc.

Toutes ces violations se produisent pendant le transport vers le lieu de travail ou les études.

Vers quoi un jeune journaliste mexicain sera-t-il prêt à aller pour trouver les coupables de tels événements?

Petite amie dominant, Katia et **Sexe dans les transports publics (Interracial)** sont des histoires à fort contenu érotique BDSM et, à leur tour, appartenant également à la collection Erotic Domination, une série de romans à fort contenu BDSM.

(Tous les personnages ont 18 ans ou plus)

Note de l'auteure:

Erika Sanders est une écrivaine de renommée internationale, traduite dans plus de vingt langues, qui signe ses écrits les plus érotiques, loin de sa prose habituelle, de son nom de jeune fille.

Indice:

DOMINATION ÉROTIQUE ET SOUMISSION VOL.3
ERIKA SANDERS

PETITE AMIE DOMINANT (DOMINATION ÉROTIQUE)

CHAPITRE 1

Elle ne pouvait pas croire qu'il était entré dans son bar ...

VOTRE BAR !!

Une centaine de bars dans cette ville, et il a dû se rendre dans le sien.

Idiot!

Oui, il lui avait brisé le cœur ...

Il l'avait quittée pour cette élégante blonde maigre.

Mais elle n'était pas assise à pleurer.

Merde, merde!

Veronica a quitté le bar pour se tenir devant lui.

Ses mains bougèrent pour se poser sur ses hanches ...

Ce n'était pas une fille maigre.

Non, il avait des jambes solides, des hanches, de larges épaules.

Ses yeux verts le regardèrent.

Une mèche de cheveux roux était tombée de sa queue de cheval.

Elle secoua son visage avec irritation.

Il garda la tête penchée, les coudes sur le comptoir, tout en regardant un verre de soda.

«Andrew! Elle grogna.

Sa tête se leva lentement.

Une barbe de deux jours couvrit son visage.

Il y avait des lignes escarpées sur ce visage, qui n'existaient pas auparavant.

Les cheveux bruns étaient négligés.

Ses yeux rencontrèrent les siens, puis dérivèrent avec culpabilité.

La colère était brûlante et crue dans sa poitrine.

Soudainement, sa main est tombée de sa hanche et elle l'a frappé violemment sur la joue.

Elle l'a frappé si fort qu'il a tourné la tête.

Le bar se tut alors que tout le monde se tournait pour regarder.

Robert se précipita.

"Qu'est-ce que tu fais, Veronica?" Il siffla, furieux.

Techniquement, c'était son bar, elle y travaillait.

Mais même ainsi, Andrew n'avait pas le droit de venir ici ... pas après ce qu'il avait fait.

Veronica tourna ses yeux brûlants sur Robert, prête à l'attaquer.

"C'est bon, Robert." Dit Andrew en levant la main.

Avec l'autre, il se frotta la mâchoire.

Une tache rouge vif apparut sur sa joue.

«Elle a le droit d'être en colère. J'étais un con.

"Tu crois ça? !!" Elle renifla. «Pourquoi es-tu ici, Andrew?

«Je suis venu dire que je suis désolé, Veronica. Il lui lança un regard triste, rencontrant finalement ses yeux. "J'ai besoin de faire amende honorable."

"Oh, maintenant tu le sens ... Maintenant tu le sens? !!" Ses narines s'enflèrent et elle chancela, prête à frapper à nouveau.

«Va te détendre, Veronica. Dit Robert, désignant le couloir du fond. «Peut-être que tu devrais y aller, Andrew.

Veronica resta ferme, les regardant tous les deux.

Andrew attrapa sa veste en cuir à l'arrière du tabouret.

"J'étais stupide, Veronica, vraiment stupide!" Dit-il en reculant. «J'ai besoin de te parler. Je suis sobre maintenant.

Il se retourna, se dirigeant vers la porte, ses bottes d'équitation heurtant le sol.

Vero ne se détendit pas avant d'entendre le bourdonnement d'un moteur de moto s'enflammer dans le parking.

CHAPITRE 2

Gravel craqua sous ses bottes alors que Veronica se dirigeait vers sa voiture.

C'était son bébé, la vieille Chevy 79, argent et chrome.

La Honda de Robert était garée à proximité.

Ses seuls véhicules restaient sur le parking du bar.

J'étais épuisé après le travail ... et tout ce drame avec Andrew.

Un mouvement vers la gauche attira son attention.

Une forme ombragée ... à l'extérieur de l'anneau jeté par la lumière du parking.

Il s'approchait d'elle.

"ARRÊTEZ!" Elle a crié.

La silhouette a continué à se déplacer vers elle ...

Une forme volumineuse, bougeant avec détermination.

Se penchant, il fouilla dans la boîte à gants du camion et en sortit le pistolet qu'il gardait caché là pour ce genre de situations.

Donc, en une seconde, il avait son Smith et Wesson 9 millimètres, et son bras tendu ...

La main reposait contre le capot du camion.

Le bruit du chargement de l'arme résonna dans le parking vide.

"Oh merde!" Andrew siffla, à moitié gelé. "Oh mon Dieu! Ne me tire pas dessus, Vero!"

Au son de sa voix, elle baissa l'arme, l'adrénaline se précipitant dans ses veines.

Elle l'étudia en vidant la balle de la chambre.

Il n'y avait aucune trace de sa moto ici ... il devait être un peu plus loin dans la rue.

Elle glissa le pistolet dans la ceinture de son jean.

Il n'a pas dit un autre mot, jusqu'à ce qu'il l'ait sauvé.

Il s'approcha d'elle, vers la lumière.

"Tu es de retour." C'était une déclaration mécontente avec ses lèvres étroitement pincées. "Tu ne devrais pas traquer les gens dans le noir, Andrew."

"Pas de merde!" Il grimaça, la regardant avec méfiance. «Mais Veronica, je dois vraiment te parler...» Il regarda nerveusement la porte du bar.

Robert serait absent d'une minute à l'autre.

Andrew savait que l'homme ne serait pas trop heureux de le revoir ici.

"Je n'ai rien à te parler." Elle grogna "A moins que tu ne veuilles que je te frappe, encore."

"Tu peux faire ça si tu veux ..." Il le dit si doucement qu'elle l'entendit à peine.

"Quoi?"

"J'ai dit ... Tu peux me frapper à nouveau, si tu veux aussi." Un peu plus fort cette fois.

Vero le fixa pendant un long moment, puis contourna le camion jusqu'à l'endroit où il se trouvait.

Elle lança sa main sur son visage avec un WHAM retentissant!

Il resta immobile, absorbant le coup, les yeux fermés.

Soudain, elle leva la main sur sa veste ouverte, saisissant son cou rempli de muscles.

Sa main était juste là où son cou et son épaule se rencontraient.

"Agenouillez-vous et dites que vous êtes désolé." Elle siffla les mots.

Sa main le tirait.

Andrew a hésité une fraction de seconde, puis ses genoux ont heurté le sol.

Le gravier pressé à travers le jean contre sa peau.

Il la regarda dans la lumière.

"C'est ce que tu veux? Moi à genoux?" Je demande.

Elle acquiesça silencieusement, la fureur assombrissant ses yeux.

Avançant, elle frappa ses genoux avec le bout de sa botte pour les écarter davantage.

Il tendit la main pour passer une main dans ses cheveux, puis elle en attrapa une poignée et tira sa tête en arrière.

"Dites-le alors ... Dites-moi que vous êtes désolé maintenant." Elle parlait d'un ton grave et rauque.

"Je suis tellement désolé, Veronica" répondit sa réponse murmurée, tout en retenant un sanglot essoufflé.

Pendant une seconde, on aurait dit qu'elle pourrait l'embrasser.

Mais elle y pensa mieux et s'écarta, le libérant à la place.

Il gémit de son absence, manquant ce baiser.

Mais il était aussi presque surpris par les mots jetés par-dessus son épaule

"Suis moi à la maison."

CHAPITRE 3

Sa maison était toujours la caravane, garée en bordure du désert sur un terrain de cinq acres.

Le clair de lune était si brillant qu'il projetait des ombres sur le paysage.

Elle gara son camion et regarda sa Harley traverser l'allée menant au parking.

Un auvent tendu sur l'avant de l'ancien camping-car rénové, projetant une ombre sombre.

Se dirigeant vers la porte, elle le quitta pour le suivre sur son chemin.

Andrew s'arrêta pour regarder autour de lui.

C'était sa maison.

Elle l'avait bien gardé.

Cela fait trois ans ...

Les souvenirs l'ont frappé comme un coup de poing.

Il est presque tombé à genoux ...

Tout ce qu'il semblait savoir faire était de se battre, une sorte de lutte pour le pouvoir, constamment.

Il faisait beaucoup de fête avec les gens du club de motards.

Elle travaillait au bar.

Il y avait une blonde idiote derrière lui chaque fois qu'elle le pouvait.

Veronica était en colère.

Il lui disait de se détendre, de lui faire confiance.

Elle voulait que je dise à la fille de se perdre ...

Il a dit que c'était son devoir de faire ça ... pour que la salope sache qu'il n'était pas disponible sur le marché.

Il ne lui a jamais dit que rien ne se passait avec cette fille.

Il a juste insisté pour qu'elle lui fasse confiance, lui a dit de ne pas s'inquiéter.

Mais une nuit, les choses ont empiré.

Encore un gros combat, Veronica pleurant dans la petite cuisine.

Il était de nouveau ivre.

Elle a sorti les papiers de la remorque d'un dossier, et il les lui a remis ... les a jetés sur la table.

Puis il a emballé ses sacs à dos et est parti pour la nuit.

Stupide!

Il l'a laissée ici, seule ...

Si loin de ses amis et de sa famille.

Sur les routes secondaires, il lui a fallu deux semaines pour se rendre dans l'État de Washington.

Donc, il était toujours en colère contre elle.

Il a obtenu un emploi de bûcheron.

Il lui a fallu environ trois mois pour réaliser l'erreur qu'il avait commise ...

Oui, il était assez stupide.

Une fois qu'il a réalisé ... ce qu'il avait réellement fait, il était trop gêné pour rentrer chez lui, ou même appeler.

Il lui a fallu trois ans pour décider au moins d'essayer de rentrer chez lui.

`` Je ne fais rien ici '' pensa-t-il en regardant les lumières s'allumer dans la caravane ...

Mais il y avait quelque chose là-bas, quand il s'était agenouillé pour elle ce soir ... non?

Avait-il mal compris ce regard de désir dans ses yeux?

Il est allé à la porte et a frappé.

CHAPITRE 4

Un "Entrez" étouffé retentit de l'intérieur.

Le cœur dans la gorge, Andrew ouvrit la porte métallique et monta les escaliers.

Vero était assis presque au même endroit où elle avait été la nuit où il était parti ...

Seulement maintenant, elle ne pleurait pas.

Maintenant, elle avait les bras croisés, le regardant avec un regard de pierre.

Oui, c'était devenu plus dur ces dernières années ... Il n'y avait aucun doute là-dessus!

Une paire de menottes a été placée sur la table.

Il les regarda avec curiosité.

Elle avait toujours été dominante ... agressive même, mais jamais méchante.

Son sexe a commencé à palpiter fort dans son jean délavé.

Ils étaient trop serrés pour cacher quoi que ce soit.

Elle regarda son entrejambe avec un sourcil levé.

«Tu es parti il y a longtemps, Andrew.

Il n'y avait aucune trace du doux sourire qui éclairait ce visage couvert de taches de rousseur et ensoleillé.

«C'était un crétin,» dit-elle, se demandant combien de fois elle allait devoir dire ça de plus.

"Est-ce que c'était? Quelque chose a changé?" Un regard très dur.

"Oui ... j'ai grandi. J'ai réalisé combien je t'aime, combien j'ai besoin de toi."

C'était peut-être une mauvaise idée de revenir en arrière.

Peut-être qu'elle ne l'accepterait plus jamais ...

Je ne lui pardonnerais jamais.

«Est-ce que la pute blonde t'a quittée? C'est pour ça que tu rampes vers moi?

"Je n'ai jamais été avec cette fille, Veronica. Elle m'a juste raccroché. Je ... j'aurais dû te le dire. J'aurais dû lui dire de se perdre ..." Il se sentit épuisé et triste.

"Quoi?" Elle fronça les sourcils. "Que diable, Andrew ... Tout ce combat que nous avons fait, vous n'étiez même pas avec elle? Pourquoi?"

«Je voulais être avec toi...» Il baissa le regard et le plaça dans sa botte sur le sol.

"NON!!" Elle rugit. "Je veux dire ... pourquoi ne m'as-tu pas dit que tu n'étais pas avec elle? !!"

Elle s'était levée de la banquette et avait posé son poing sur le devant de sa chemise.

Il n'avait pas besoin de chercher loin pour établir un contact visuel.

Il ne faisait que quelques centimètres de plus qu'elle.

Elle le repoussa, et il perdit l'équilibre, serrant le comptoir.

Haletant, il retrouva son équilibre, mais était ouvert à tout ce qu'elle voulait, ne faisant pas un seul mouvement pour sortir de son emprise.

Il y a trois ans, il s'était retiré d'elle et était parti.

Mais elle le touchait maintenant... c'était assez pour lui.

Sa respiration s'interrompit alors qu'il baissait les yeux.

Elle était de nouveau là, avec ce désir dans ses yeux.

Sa poitrine se souleva et descendit rapidement.

Elle le regarda ...

Un look stimulant.

Il soutint son regard pendant quelques secondes, puis détourna les yeux ... cédant.

Je n'ai jamais fait ça.

Une sensation de bourdonnement le remplit et il se sentit étourdi.

En regardant en arrière avec ses poings sur la table, il frissonna.

«C'était stupide... pure stupidité...» dit-il, retournant ses yeux vers les siens... essayant de la laisser voir dans son cœur.

Son visage s'adoucit légèrement, et elle lâcha sa chemise... retourna à table et s'assit avec un soupir.

"Où étais-tu pendant tout ce temps?" Elle ne le regardait pas ... elle regardait par les fenêtres sombres de la caravane.

"Washington ... Bûcheron." Il savait à quel point cela devait lui paraître fou.

"Parce que?" Elle fronça à nouveau les sourcils, paraissant plus confuse que fâchée.

"Parce que j'étais abasourdi ..."

"Je sais ... Je t'ai entendu les six premières fois! Tu étais stupide et un connard ... J'ai compris!" Elle était de nouveau en colère. Ses yeux verts clignotent ... "Mais pendant trois ans, Andrew?"

"Je ne savais pas comment dire que j'étais désolé, jusqu'à maintenant." Il murmura en écartant les mains.

Elle dut se pencher en avant pour l'entendre, puis se pencha en arrière sur le siège et hocha la tête distraitement.

Deux minutes complètes de silence se sont écoulées.

Andrew resta immobile, attendant qu'elle finisse de réfléchir.

Soudain, sa voix brisa le silence.

«Pourriez-vous vous mettre à genoux pour moi encore, Andrew? Elle se tourna vers lui, le désir de nouveau sombre dans ses yeux.

Avalant, il s'agenouilla à nouveau, gardant les yeux baissés.

La dureté de son érection était douloureuse, et il était échauffé par l'embarras.

Il l'entendit se lever et vit ses bottes entrer dans sa ligne de mire.

Une fois de plus, elle lui donna un coup de pied aux genoux et il entendit un gémissement.

Il lui fallut une seconde pour réaliser que le son provenait de sa propre gorge.

"Enlevez votre chemise." Elle a dit, les mots secs étaient comme des couteaux baissés.

Déboutonnant rapidement suffisamment de boutons pour que la chemise glisse sur sa tête, Andrew la retira d'abord de la ceinture de son pantalon ceinturé.

Et puis elle l'a enlevé, ébouriffant encore plus ses cheveux.

Avant qu'il ne sache quoi faire avec la chemise, elle la prit des mains et la jeta sur l'un des sièges de la remorque.

Elle marchait autour de lui, passant une main sur ses épaules et son dos durs.

"Merde, Andrew ... tu es vraiment devenu très fort ..."

Il avait des muscles très forts, obtenus par un travail manuel acharné comme bûcheron.

Elle revint devant lui et passa une main dans les cheveux bouclés brun clair sur sa poitrine.

Ensuite, sa main encercla l'un de ses petits mamelons, puis il le serra fermement entre ses doigts.

Il grogna, grimaçant, peu habitué à la douleur aiguë et perçante.

Elle n'avait jamais été comme ça avant ...

Ils avaient toujours baisé comme des gens normaux, et ça avait été bien.

Ils avaient aussi fait de l'oral, ils les faisaient se sentir bien tous les deux ...

Mais ça ... ça faisait battre son cœur et son cerveau hors de contrôle.

Elle pinça l'autre téton et il fit à nouveau gémir.

Avait-il frappé sa tête quelque part ?

C'était un rêve ?

La douleur qui a éclaté, quand elle a secoué les deux mamelons, et l'a ramené à la réalité.

Laissant un cri rauque, il aspira de l'air dans sa poitrine et commença à atteindre le comptoir ... pour se lever.

Que faisait-elle ?

Une main appuyée sur son épaule, et elle attrapa une poignée de cheveux, tirant à nouveau sa tête en arrière.

"Si vous vous levez, sans que je vous commande, vous marcherez vers cette porte ... Comprenez-vous?"

Elle parla lentement en se penchant vers son oreille.

Il hocha la tête et se remit à genoux.

Putain de merde, qu'est-ce qui se passait?

Brusquement, elle s'écarta de lui, retourna à table.

Ummm, ce beau cul ...

Mais elle fut distraite par un tintement de métal, alors qu'elle ramassait les menottes de la table.

Oh merde!

Son sexe palpita comme un fou, et pendant une seconde, il pensa qu'il pourrait hyperventiler.

"Lève-toi et tourne-toi." Elle a dit.

Il y avait maintenant une sorte de confiance tranquille dans sa voix.

C'était quelque chose de nouveau

Il se leva et se retourna, attendant.

«Mets tes mains derrière ton cou, Andrew»

Il le dit comme si elle était sûre qu'il le ferait... et il le fit, en entrelaçant même leurs doigts.

Mais, lorsque le métal s'est refermé autour de son poignet gauche, il a eu un peu peur.

CHAPITRE 5

«As-tu les clés pour ça, Veronica?

Il essaya de la regarder par-dessus son épaule.

Elle l'ignora, tout en tenant l'autre menotte autour de son poignet droit.

Puis, se tenant à nouveau devant lui, elle tira sur un collier qui pendait à son cou.

Je ne l'avais pas remarqué auparavant.

La chaîne pendait à l'intérieur de l'encolure de son T-shirt "Robert's Bar".

Il l'a sorti et a montré quelques petites clés aux menottes qui pendaient au bout de la chaîne.

Il hocha la tête, soupirant de soulagement, et fut surpris par le sourire qui apparut sur ses lèvres.

"Combien de garçons as-tu enfermé comme ça, Vero?" Il a demandé, déglutissant.

«Tu es ma première» dit-elle pensivement.

«Alors pourquoi portiez-vous les clés? Il se sentait mal à l'aise de poser ces questions, alors qu'il était menotté,

"J'attendais le bon gars pour venir." Les mots ressemblaient plus à une pensée qu'à une réponse ...

Dieu, tout cela était si déroutant ... mais tellement excitant!

Il était venu ici pour lui présenter ses excuses ... mais qui était cette femme maintenant?

Le chaud picotement dans ses couilles lui disait que qui qu'elle soit avait toute son attention.

"Allons dans la chambre." Elle a déclaré, alors que sa main glissait sous la ceinture à l'arrière de son jean, pour le guider.

Elle le poussa dans le couloir étroit.

Pour traverser l'espace restreint, il a dû plier ses coudes autour de sa tête.

Il a été poussé à travers la porte de la chambre.

Le lit était fait avec soin, la chambre était propre, à l'exception de deux objets qui attiraient son attention.

Sur le couvre-lit, il y avait un magazine et un vibromasseur rose.

Le magazine le fit s'arrêter brusquement et elle faillit trébucher sur son dos.

Sur la couverture, il y avait un homme à genoux, un bâillon rond noir attaché à sa bouche.

Une corde traversa le corps de l'homme, liant ses bras fermement contre son torse.

Une sorte de métal tenait chaque téton.

"Esclave pour votre plaisir" est apparu en haut de la page.

Il se figea, jusqu'à ce qu'elle se fraye un chemin autour de lui, balayant le magazine et le vibrateur du lit.

"Oh, pour l'amour de Dieu ... C'est juste du porno!"

Elle avait l'air ennuyée, alors que je la jetais dans un tiroir de table de chevet.

Sa gorge travaillait pour trouver les bons mots, mais il était trop abasourdi ...

Étonné que sa douce Veronica puisse avoir quelque chose comme ça.

La chaleur la remplit et l'image de l'homme lié était gravée dans son cerveau.

Un coup dur contre son bras le ramena à la réalité.

«Reste devant le lit, Andrew.

Une fois qu'il était dos au lit, et que les menottes touchaient presque le cadre, Veronica est allée travailler sur sa ceinture.

Quand elle le déboutonna, ses jointures effleurèrent la peau chaude de son ventre.

Une ligne de boucles douces et sombres traça le centre de ses abdos, se glissant dans son jean.

Elle observa cela avec satisfaction, alors que les muscles se contractaient au toucher et que sa respiration s'arrêtait.

Lentement, il déboutonna son pantalon et le fit glisser vers le bas.

Le contour de sa grosse bite était sur le côté de sa braguette, en slip de coton noir qui la tenait confortablement.

Il y avait une zone humide à l'extrémité de ce renflement.

Elle sentit un bourdonnement de chaleur la parcourir lorsqu'elle le vit.

Ce serait bien mieux que de regarder des magazines et des sites Web!

Rapidement, elle abaissa son pantalon jusqu'à ses chevilles.

Puis il a commencé à retirer ses sous-vêtements de ses hanches ...

Faisant attention à ne pas toucher le sexe qui dépassait des limites de ses vêtements, elle poussa le sous-vêtement vers le bas pour s'installer avec son jean.

Se levant, elle leva ses bras menottés au-dessus de sa tête, les amenant au repos devant son corps.

"Détends-toi." Elle ordonna, alors qu'elle le poussait brutalement sur le lit.

"Déplacer vers le haut."

Les bras croisés, elle le regarda s'étirer maladroitement sur le lit.

C'était une tâche difficile avec ses mains et ses pieds entravés.

Une fois qu'il fut positionné à son goût, elle se déplaça à ses côtés, plaçant une main sur ce ventre tendu.

"Mettez vos mains sur votre tête."

Le lit était sur un cadre de plate-forme fait à la main avec une tête de lit intégrée.

La tête de lit contenait des balustrades métalliques.

Veronica, avec son ami charpentier Cliff, l'avait fait il y a un an.

Elle adorait ça ... ne pouvait pas attendre pour enfin l'utiliser comme elle l'avait initialement prévu.

Combien de nuits en avait-il rêvé?

Il a enlevé ses bottes, est monté sur le lit et a chevauché sa poitrine.

Il retira la chaîne de sa chemise et se pencha en avant, en travers de son visage, ouvrant une manchette.

Puis la menotte passa le long de l'un des rails métalliques et la rattacha à son poignet.

Andrew frotta son visage contre ses seins alors qu'ils glissaient sur elle.

En grognant, elle se pencha en arrière et le frappa violemment au visage, pour la troisième fois cette nuit-là.

"Est-ce que je vous ai dit de faire ça?" Elle a demandé, le regardant.

Il secoua légèrement la tête, mais ne sembla pas désolé.

Prenant un mamelon, il le tordit fort.

Son corps trembla sous elle et il gémit.

Elle tendit la main vers l'autre, et il essaya de s'éloigner ...

"C'est bien!" Halètement. "Désolé ... je ne le referai plus."

Il lécha une lèvre nerveusement, mais quand elle glissa en arrière, son jean effleura rudement sa bite dure.

Elle se regarda, puis revint vers lui.

Son regard changea, comme embarrassé.

Regardant vers le bas, il se dirigea vers la porte de la chambre.

"Je vais prendre une douche. Je sens le même bar."

Elle se retourna pour le regarder à nouveau ... menottée à son lit, nue à l'exception des vêtements emmêlés autour de ses chevilles et de ses bottes de motard.

Son sexe était dressé et palpitant, ruisselant de précum.

Un frisson la traversa, et cette fois son grognement était celui de la luxure primitive.

"Ne bouge pas".

Et il est sorti avec un murmure rauque.

"Tu ne vas pas me laisser comme ça, n'est-ce pas, Veronica?" Il a demandé avec ses yeux implorants.

Elle lui fit un sourire sadique et quitta la pièce.

CHAPITRE 6

Cela semblait être une éternité, attendre là, menotté au lit.

Andrew l'entendit dans la douche.

Pendant un moment, il se demanda s'il pouvait sortir des menottes, s'il le voulait.

Non, ce n'était pas possible.

Cela lui donna quelques instants de panique, mais ensuite il se força à se calmer ... et à admettre qu'il ne voulait vraiment pas sortir.

Il y réfléchit un moment et son pénis flasque prit vie.

Il gémit et souhaita qu'elle se dépêche ... sachant qu'elle appréciait son doux moment.

Finalement, elle finit de se doucher et entra dans la pièce dans une douce robe blanche.

Il est allé dans un tiroir et l'a fouillé.

Ses cheveux roux étaient peignés et pendaient humides sur ses épaules.

Sortant quelques objets du tiroir, elle quitta à nouveau la pièce, sans même le regarder.

La mélodie qu'elle fredonnait attira l'attention de son oreille.

Andrew la suivit du regard.

Après s'être habillé, il est retourné dans la pièce.

Elle portait un t-shirt blanc moulant et décolleté qui révélait sa poitrine ample et sa taille fine.

Avec une paire de shorts à carreaux noirs et blancs, révélant un ventre plat et des hanches pleines.

Elle s'est déplacée à ses côtés.

Avec les jointures d'une main, il traça la ligne de sa mâchoire hérissée de cheveux.

Elle aimait toujours comment avec ces yeux vulnérables.

Knuckles est venu pour tracer ses lèvres, et elle a inséré un doigt dans sa bouche.

"Suce-les." Dit-elle en levant un deuxième doigt vers sa bouche.

Avalant, il suça doucement, enroulant sa langue autour d'eux.

"Vous avez besoin d'un mot." Elle a dit, pompant ses doigts dans et hors de sa bouche. «Un mot pour me dire si ce que je fais est trop... si tu as vraiment besoin que je m'arrête.

Elle arracha ses doigts de sa bouche et il se lécha les lèvres.

"Tu n'as rien fait que je ne puisse pas gérer." Il marmonna dans sa barbe.

"Oh, nous n'avons vraiment pas encore commencé, Andrew!" Dit-elle avec un petit rire. «Dis-moi un mot».

«Adoucissement», dit-il après un moment d'hésitation.

C'était l'une des rares choses qui me vint à l'esprit à l'époque.

"'Adoucir' est, alors ... Tu te souviens de ça, d'accord?"

Elle attendit qu'il acquiesce, puis se leva et se dirigea vers une table voisine.

La lumière augmenta alors qu'il allumait des bougies.

Prenant une bouteille d'huile pour bébé, elle tendit la main et la versa généreusement sur sa poitrine et son ventre.

Plus versé sur sa bite et les couilles.

Il retint son souffle alors qu'elle commençait à répandre l'huile sur lui avec des mains fermes.

Elle l'a étalé sur les poils de sa poitrine.

Puis, le fixant dans les yeux, elle caressa l'huile sur sa bite et ses couilles, le faisant tourner dans son nid de cheveux.

"Je n'ai certainement pas besoin d'un mot pour arrêter ça!" Dit-il avec un petit rire.

Levant un sourcil, elle essuya ses mains sur la serviette qu'elle portait et se leva.

Elle prit une bougie blanche allumée sur la table.

Il faisait environ deux pouces d'épaisseur.

La plaçant sur le sol à quelques mètres au-dessus de son ventre, elle leva les yeux vers lui.

Il déglutit et grimaça.

La bougie se pencha lentement à travers sa main et la cire chaude se répandit sur son abdomen.

«Ahhhh...» gémit-il, étirant ses abdos.

Il haleta pendant une minute.

Elle regarda, attendant qu'il retienne son attention.

Maintenant, la bougie était sur son mamelon gauche.

Son souffle se fit par petits éclats, les yeux fixés sur la bougie.

Un gémissement, alors que la cire éclaboussait son mamelon et dérivait sur son côté.

Regardant vers le bas, Veronica était étonnée de voir à quel point sa queue était restée dure.

Lentement, il abaissa la voile pour survoler ce muscle palpitant.

Une fois de plus, ses yeux le suivirent, puis s'écarquillèrent.

"Non ... Non ... Non, Veronica, s'il te plaît !!" Il se tendit contre ses poings, secouant la tête.

"Vous avez un mot, vous vous souvenez?" Elle a demandé, son visage dur. "Vas-tu l'utiliser?"

Il resta immobile un moment, la regardant.

Il devrait dire ce mot, s'il voulait que cela se termine.

Secouant la tête, il s'effondra contre le lit.

Ses yeux se fermèrent, son visage rougit.

Veronica était assise là, tenant la bougie, laissant plus de cire s'accumuler ... Attendant qu'il la regarde à nouveau.

Au bout d'une seconde, il ouvrit les yeux.

"Prêt?"

La question est venue quand elle a vu son regard fixé sur elle.

En fait, c'était plus une déclaration qu'une question.

Poussant ses mains vers le haut, il saisit les rails de linteau les plus proches, agrippant fermement.

Puis, il hocha la tête.

Le tenant un peu plus haut cette fois, il inclina la bougie.

Lentement, il le laissa s'égoutter pour éclabousser sa bite, dégoulinant également de ses couilles.

Goutte après goutte est tombée.

Gémissant et tremblant, sa tête retomba alors que les sensations fortes le frappaient.

Elle a continué à couler plus de cire.

Maintenant sur ses mamelons et le long de sa poitrine ... et à nouveau sur son ventre.

Son torse était recouvert de cire blanche ...

Quand ses yeux rencontrèrent les siens, il avait l'air hébété et ivre.

Son expression était douce maintenant.

Il replaça la bougie dans le support et se pencha à quelques centimètres au-dessus de son visage.

Avec sa main agrippant une poignée de ses cheveux, elle lui donna finalement ce baiser sur la bouche.

Séparant ses lèvres pour l'accueillir, il gémit, laissant sa langue le piller à l'intérieur.

Le baiser était envahissant et exigeant.

Haletant, il la laissa l'emmener où elle voulait.

C'était un côté de lui qu'il n'avait jamais pensé exister.

Il lui fit quelque chose, la transperça de faim.

Il attrapa les clés des menottes et se déplaça rapidement pour les déverrouiller.

Il semblait confus.

Elle l'embrassa à nouveau.

«Enlevez vos bottes et votre pantalon», insista-t-elle d'une voix rauque.

Il obéit rapidement alors qu'elle se dirigeait vers la salle de bain.

CHAPITRE 7

Quand elle a quitté la pièce, il a rapidement travaillé pour démêler le désordre des bottes, des jeans et des boxers.

Il entendit l'eau couler dans la salle de bain.

"Essuyez la cire sur votre bite et vos couilles." Elle lui ordonna, revenant avec un linge chaud et une serviette.

Il était surpris de la facilité avec laquelle la cire se détachait, avec l'huile en dessous.

Il la regarda de ses paupières baissées, sa respiration douce, suivant rapidement son ordre.

Il se sentit étourdi.

Elle a déménagé dans le placard pendant qu'il se nettoyait.

Il y avait une boîte en carton perchée sur l'une des étagères, elle la souleva et la posa sur une chaise à proximité.

Il pouvait entrevoir une variété de choses étranges à l'intérieur ... et certaines choses étaient encore dans les emballages.

La boîte l'intrigua ...

Avait-il acheté ces choses ? Maroquinerie ?

«Agenouillez-vous sur le lit. Elle ordonna, sortant quelque chose de la boîte.

Sa respiration s'accéléra alors qu'il montait sur le lit et s'agenouillait.

"Les mains à vos côtés."

Il baissa les mains en tremblant un peu.

C'était tellement fou ...

Il venait juste de dire qu'il était désolé pour ce qui s'était passé.

Mais il n'y avait aucun moyen qu'il puisse sortir maintenant, aucun moyen !

Et elle l'avait embrassé ...

Cela lui suffisait pour rester.

Il regarda ce qu'elle tenait ... c'était un collier en cuir noir d'environ deux pouces de large, avec un anneau en métal sur le devant.

Oh merde!

"Vas-tu me mettre ça sur moi?" »Il a demandé nerveusement, déglutissant dur.

Son sexe palpitait.

Un signe de tête solennel fut sa réponse.

Avec deux doigts, il souleva son menton, puis elle attacha le collier autour de son cou.

Il avait une sensation de brûlure qui lui descendait à l'aine.

Pourquoi cela l'excitait-il?

En reculant, elle l'admirait avec ces yeux pleins de luxure verte.

Le cuir était écrasé contre sa gorge.

Il essaya de la regarder dans les yeux, mais dut les fermer.

Il baissa la tête, rougi d'embarras.

"Tu es à moi maintenant, n'est-ce pas Andrew?"

Il pouvait sentir son corps si près, alors qu'elle soufflait les mots dans son oreille.

Il hocha la tête, ne faisant pas confiance à sa voix.

Elle tendit la main pour brosser la cire de ses mamelons, en brossant les pointes avec ses doigts.

La chair de poule se forma sur sa peau alors qu'il frissonnait sous son toucher.

Soudain, il s'est retourné et est retourné à la boîte.

Elle est revenue avec une sorte de bandes de cuir.

Andrew déglutit, mais resta immobile, enroulant d'épaisses bandes de cuir autour de ses cuisses.

Elle le fit de nouveau s'agenouiller, centré sur le lit.

Puis elle a attaché des bandes autour de ses poignets et les a attachées à l'extérieur des bandes de cuisse.

De temps en temps, elle s'arrêtait à son travail pour le regarder avidement.

Puis elle se déplaça derrière lui, ajustant les bandes autour de ses chevilles.

En l'amenant dans une position à genoux plus large, elle attacha de courtes chaînes métalliques des chevilles aux cuisses des deux côtés.

Maintenant, il était immobilisé.

Poignets et chevilles fixés aux cuisses.

Tenue musclée.

Il a combattu la panique.

"Est-ce que j'ai encore ce mot si j'en ai besoin?" Il a demandé à travers les dents serrées, la tête renversée en arrière.

"Oui," dit Veronica en repassant dans la boîte.

Elle se tint à nouveau devant lui, les objets dans sa main.

"Voulez-vous utiliser votre mot maintenant?"

«Euh, euh» dit-il, secouant la tête «non», déplaçant le collier contre son cou. "J'ai juste besoin de savoir que cette possibilité existe toujours."

Sa poitrine montait et descendait avec ses efforts pour contrôler sa respiration.

Mais pour une raison étrange, sa bite était dure comme de la pierre, dégoulinant de liquide sur son lit.

Elle attrapa à nouveau l'huile pour bébé et en frotta sa bite enflée.

Il se sentait céleste, et il poussa ses hanches aussi loin que les contraintes le permettaient.

Rapidement, elle le frappa avec sa paume ouverte.

Il gémit et poussa à nouveau, incapable de se retenir.

"Reste tranquille." Elle ordonna, un petit grognement dans sa voix.

Il acquiesça, déglutissant contre son cou.

Lentement, elle plaça un anneau en caoutchouc noir sur sa bite palpitante.

Il regarda avec étonnement sa bite se développer encore plus, les veines dépassant le long de son membre.

Il brillait de l'huile.

"Putain de merde!" Il gémit, souhaitant pouvoir le supporter.

Mais il fut distrait de cette pensée, alors qu'elle retournait à la boîte ... en train d'ouvrir un paquet.

Maintenant que?

Debout devant lui, il tenait à la main un objet en caoutchouc noir en forme de cône.

Est-ce un plug anal?

Je les avais déjà vus dans des magasins de porno ...

Un frisson le parcourut.

Non ... oh non!

Il a commencé à secouer la tête.

"Allez Veronica ... Pas question ... ce n'est pas ce que je pense que c'est ... n'est-ce pas?"

Il ne pouvait pas le quitter des yeux.

«Ça l'est, Andrew... C'est ce que tu penses que c'est... mais pas le meilleur que j'ai. Tu peux le supporter. Es-tu toujours vierge là-bas?

Elle le regarda.

Il hocha la tête à sa question puis se secoua.

"Bien sûr que je le suis! Tu ne peux pas mettre ça sur mes fesses ... Allez, bébé, tu n'es pas sérieux! Et toi?"

Il a tiré sur les attaches.

Elle se tenait tranquillement devant lui, ses jambes se croisant sexy, son trou du cul couvert dans une main et le lubrifiant dans l'autre.

"Je pense que tu peux gérer ça ... pour moi." Dit-elle calmement.

Il secoua de nouveau la tête, mais il avait cessé de lutter contre ses liens.

"Pour moi." Elle a répété, d'un ton rauque.

Lentement, ses yeux rencontrèrent les siens.

«Veux-tu m'embrasser à nouveau? Il a demandé, sa voix tremblante.

Il ne pouvait pas croire qu'il était d'accord avec cela.

C'était tellement fou.

Elle hocha la tête, gardant un contact visuel.

"Oui, je t'embrasserai certainement à nouveau, si tu fais ça pour moi."

"D'accord ... mais vas-tu arrêter si ça fait trop mal?" Il se sentait désespéré et effrayé.

Jetant le phallus cul et le lubrifiant sur le lit, elle grimpa à côté de lui.

Se penchant, elle effleura ses lèvres contre son cou.

"Je t'ai bébé." Elle a chuchoté.

Il hocha la tête, tremblant mais se calmant.

Il lui disait ces mêmes mots, il y a de nombreuses années, quand elle apprenait à rouler à l'arrière de son vélo.

OK, elle s'en souvenait aussi, elle se rappelait quand les choses allaient bien.

Il hocha de nouveau la tête.

Veronica, agenouillée sur le lit derrière son dos et son cul musclés, admirait la vue.

Elle adorait son apparence, ligotée dans cette position ...

Il aimait la façon dont elle continuait à se soumettre à ses désirs les plus sombres ...

Laissez-le porter son collier!

Un frisson la parcourut et elle lui caressa la joue du cul.

Il se tendit, attendant.

"Détends-toi ..." murmura-t-elle en se frottant l'anus.

Une fois que cela fut fait, elle passa un doigt dans son trou serré.

Un gros tremblement le traversa alors qu'il gémissait.

Retirant sa main, elle attrapa le lubrifiant, l'étalant sur un doigt.

Elle a distribué une quantité de lubrifiant autour de l'extérieur de son trou.

Un halètement et il baissa la tête en arrière, appuyant son corps contre ses mollets.

L'espace était restreint, mais elle pouvait toujours passer sa main sous lui, lentement un doigt dans son cul serré.

"Ohhhh ..." Il expira sur un bas gémissement.

Ce n'était pas exactement le bruit de l'inconfort.

Un sourire se répandit sur le visage de Veronica alors qu'elle passait un deuxième doigt vers l'intérieur.

Un autre gémissement récompensa ses efforts.

Utilisant un peu ses doigts, elle essaya de le détendre.

Il tressaillit et descendit de ses mollets.

Elle sentit l'entrée serrée céder un peu.

Sortant ses doigts, elle saisit le bouchon en forme de phallus, graissant généreusement sa longueur.

Ce n'était pas énorme, mais elle savait qu'il le sentirait de cette façon sur ce cul vierge.

«Asseyez-vous un peu plus. Elle lui dit, sa main sur la fesse de son cul pour le guider.

Il suivit silencieusement ses instructions, sa poitrine se soulevant.

Maintenant avec de la place pour travailler, elle plaça l'extrémité étroite en forme de cône contre son trou.

Un petit grognement quand il sentit la pointe humide se presser contre lui.

Il se serra.

"Détends-toi," dit-il à nouveau, "et asseyez-vous dedans."

Prenant une profonde inspiration, elle essaya.

Le bouchon glissa rapidement à mi-chemin, et avec une poussée rapide et dure, il le poussa au-delà de ses anneaux intérieurs.

La base ronde et plate reposait confortablement entre ses fesses.

"Oh mon Dieu!!" Il gémit ... "Merde! Alors tout est dedans!" Il haletait, essayant de le régler.

Frappant légèrement son cul, elle descendit du lit et se dirigea vers le bureau.

Il prit une paire de pinces à linge et elle en plaça une sur chaque mamelon.

Il gémit et trembla.

De retour sur le lit devant lui, Veronica passa ses mains sur ses épaules et le long de ses bras musclés tendus.

Frottez votre ventre avec vos doigts sur les gouttes de cire.

Il la regarda, tandis qu'elle l'admirait, ligotée comme ça.

Avec sa main derrière sa tête, le rapprochant d'elle, elle lui donna le baiser promis.

Le baiser qu'il avait mérité.

Agenouillée entre ses genoux tendus, elle laissa son corps se presser contre le sien.

Sa langue explorait sa bouche avec un tel désir passionné qu'elle pensait qu'il pouvait venir ici.

L'anneau autour de sa queue fournissait juste assez de pression pour l'arrêter.

Dieu, elle avait si bon goût!

Un courant traversa tout son corps alors qu'il ressentait tout cela si vivement ...

Sa langue remplit sa bouche, son cul rempli de plug, sa bite gonflée contre l'anneau, ses tétons brûlants et son corps attaché.

Il était complètement esclave pour son plaisir!

En avalant de l'air, il avait l'impression qu'il pourrait s'étouffer avec toutes les sensations.

Son érection lancinante se pressa contre son corps.

«S'il te plaît Veronica» supplia-t-il... il n'était pas sûr de ce qu'il implorait. "S'il vous plait!"

Elle hocha la tête, l'embrassant dur un instant de plus.

Puis elle se déplaça sur le côté et commença lentement à secouer sa bite huilée.

Balayages complets de la base à la tête.

Secouant son corps sous sa main, il grogna et gémit.

Au début, c'était incroyable et elle rejeta la tête en arrière.

Mais à mesure que son rythme s'accélérait, il devenait écrasant.

"Plus lentement s'il vous plaît!" Il a supplié ... c'était trop à la fois.

Il a essayé de lever la main pour l'arrêter, mais le bracelet l'a arrêté.

Elle a continué à accélérer le rythme, un sourire méchant sur ses lèvres.

Sa main glissa sur toute la longueur de sa queue, frappant contre sa tête de champignon.

C'était presque douloureux, sa bite si gonflée à cause de l'anneau.

Il grogna.

Son autre main se leva pour la presser contre un mamelon habillé et il hurla.

"Hmm, ça va, sens-le!" Elle a chuchoté à son oreille.

Pressant son corps contre sa hanche, elle le frappait constamment.

Malgré la maladresse de son rythme, il sentit la pression monter dans ses couilles.

"Je vais ... je vais ..."

Son corps se cambra alors qu'elle tentait de trouver une libération contre l'anneau.

"Tu vas venir maintenant!" Elle grogna dans son oreille.

La tête rejetée en arrière, les hanches bougeant dans les limites de son esclavage, l'orgasme le frappa.

Des lumières vives ont pulsé devant ses yeux.

Les muscles se resserrèrent et le sperme chaud pulsa en un arc.

Son corps a convulsé, et vague après vague de sperme blanc épais a été expulsé de lui.

Elle a continué à secouer sa bite jusqu'à ce que la dernière goutte soit expulsée de sa queue fatiguée.

Son corps était aussi vidé que sa queue.

Euphoria le submergea et il eut l'impression de flotter.

Avec ses doigts sur son menton, elle leva la tête et lui donna un autre baiser sur la bouche.

Puis elle a commencé à le détacher lentement, enlevant d'abord les pinces à linge.

Étirant ses membres, Andrew descendit enfin du lit, les jambes légèrement instables.

Il la regarda silencieusement, alors qu'elle enlevait la literie et la jetait dans le coin.

Son sexe, sans l'anneau, restait mou.

Il pensait pouvoir dormir pendant des jours ...

Mais elle enlevait ses vêtements maintenant, ses courbes blanches nues douces à la lueur des bougies.

Oh mon Dieu ... ça faisait si longtemps! Et elle était si belle!

Les cheveux roux qui lui tombaient sur les épaules ...

Des boucles rouges poussiéreuses recouvrant son monticule.

Il avait l'eau à la bouche alors que sa queue prenait vie.

Elle tira la couverture et les draps, allongée sur le lit.

Écartant les jambes, elle passa une main sur sa chatte humide ... puis l'appela de son autre main.

Il monta sur le lit, le visage enfoui dans sa chatte humide.

Se souvenant de l'affaissement de son visage, il utilisa sa langue pour enduire son jus sucré.

Cieux!! C'était là que ça devait être!

Toute hésitation était partie.

C'était quelque chose qu'il connaissait presque comme une habitude ...

Comment faire vibrer son corps, comment il aimait le faire.

Il lécha son clitoris et suça ses lèvres.

Elle gémit en réponse.

Trois ans n'ont pas pu effacer cette connaissance.

Il leva les mains pour frotter ses seins et ses tétons.

Cette fois, cependant, elle était déjà à mi-chemin de jouir quand il a commencé.

Son excitation était déjà profonde, alimentée par ses actes de soumission.

La bouche ouverte, il pressa sa langue contre elle, étonné de ses réponses.

Des gémissements gutturaux lui échappèrent.

"Merde, tu es bon Andrew!" Dit-elle en se caressant les cheveux.

Les mots lui donnèrent un sursaut de plaisir, et il léchait avec plus d'enthousiasme.

Lorsque ses mains se penchèrent pour saisir ses cheveux et que son corps se tendit, il sut qu'elle se rapprochait d'arriver.

Il ne s'arrêta pas à son travail, sa langue se pressant contre son clitoris gonflé.

Et quand l'orgasme a explosé et qu'elle a eu le souffle coupé, il était prêt pour l'éjaculation qui sortait de sa chatte.

Cela ne s'était jamais produit auparavant!

Elle tenait sa tête contre la sienne pendant qu'il la buvait.

Wow, quelque chose s'est bien passé avec la nuit!

Il regarda son corps agité avec étonnement.

"Continuez à lécher!" Elle grogna et eut un autre spasme, alors qu'il se précipitait pour se conformer.

Un troisième et quatrième orgasme lui fit trembler le dos, récompensant son effort.

Finalement, elle se laissa tomber contre le lit avec un soupir épuisé, le poussant à la rejoindre.

Embrassant son visage mouillé, elle pressa son visage dans ses mains.

«Tu es de retour pour toujours? Elle a demandé.

"Je suis pardonné?" Il fouilla son visage.

"Oui, tu l'es ... Mais tu vas devoir gagner encore confiance."

Il hocha la tête avec une compréhension solennelle à ses paroles, un regard triste dans les yeux.

Mais ensuite elle roula sur sa poitrine, le pressant contre le lit avec son corps.

"Mais il y a autre chose, Andrew. Comme tu peux le voir, j'ai changé. J'ai des besoins différents maintenant ..."

Elle le fixa, un regard affamé dans les yeux.

"Oui, je me suis rendu compte!" Il a dit, avec un petit rire, déglutissant dur.

Ses fesses sont devenues roses, sa bite a secoué sa cuisse.

"Alors, tu restes pour des choses comme ça ... comme ce qu'on a fait ce soir?" La question est venue avec un regard sérieux.

Enfouissant sa tête dans son cou, il hocha la tête avec ferveur contre elle, trop embarrassé pour croiser son regard.

Son sexe palpitait.

Avec un profond soupir de soulagement, elle le serra contre elle.

L'intensité de son étreinte parlait plus que les mots ne pouvaient en dire.

Avec un sentiment croissant d'excitation, il savait quelque chose ...

Il savait que même s'il y aurait des hauts et des bas, ce serait plus facile de cette façon.

Bien mieux que de se battre ...

Laissez-le simplement partir, et laissez-le être un esclave pour votre plaisir.

FIN

KATIA : UN THRILLER ÉROTIQUE BDSM

CHAPITRE I

La longue cuisse magnifiquement formée de Katia brillait comme de l'or liquide sous le soleil chaud qui traversait la fenêtre au-dessus du bureau décoré avec goût.

Sa jupe courte grise ne cachait pas ses jambes enfermées dans des bas fermes et de créateur.

Même la secrétaire qui regardait Katia à travers la vitre et derrière la sécurité de sa table en acier se sentait obligée d'admirer la perfection de la silhouette du visiteur.

Malgré le flux constant d'hommes et de femmes bien habillés et attrayants qui franchissaient les portes de la «Dream Job Executive Placement Agency», Katia était clairement exceptionnelle.

Sa beauté exceptionnelle était l'une des raisons pour lesquelles elle attendait devant le bureau d'Anthony Robson, directeur général et propriétaire de l'Agence.

En regardant autour du bureau richement décoré, Katia se surprit à sourire.

Il se demandait ce qu'auraient dit les autres locataires de cet immeuble exclusif s'ils s'étaient rendu compte que le véritable métier de son voisin était de fournir des prostituées aux riches et célèbres.

Katia est née et a grandi en Europe de l'Est dans une bonne famille.

Il venait juste de terminer ses études universitaires avec un diplôme en économie quand une combinaison de politique instable et de la foule russe avait ruiné ses parents, qui ont été retrouvés morts dans leur chambre, résultat apparent d'un pacte de suicide.

Katia avait eu des doutes sur la véritable cause de leur mort, mais elle était assez rusée pour se taire.

En abandonnant l'université, il s'était retrouvé sur le marché du travail dans un pays inondé de travailleurs volontaires et de peu d'emplois.

Il s'est vite rendu compte que pour avoir n'importe quel avenir, il devrait se diriger vers l'ouest.

Pendant les mois suivants, Katia a gagné sa vie en tant que modèle pour les nombreux photographes étrangers qui ont été trouvés en abondance dans toute l'Europe de l'Est et la Russie.

Malgré de nombreuses offres, il a refusé de jouer dans des films ou des photos pornographiques pour l'un des principaux magazines et sites Web.

À chaque séance de mannequinat, elle a fait de son mieux pour se faire des amis et en a profité pour poser des questions réfléchies et opportunes.

Finalement, il a décidé de jeter son dévolu sur la Grande-Bretagne et, avec l'aide d'un de ses nouveaux amis, a trouvé la bonne «connexion».

À l'aide d'une sélection minutieuse de photographies recueillies lors de son travail de mannequinat, elle a rédigé un CV et l'a envoyé par courrier électronique à son nouvel employeur potentiel.

Une semaine plus tard, il a reçu un coup de fil d'Anthony Robson et une invitation à assister à une entrevue avec l'un de ses «chasseurs de talents».

Ils se sont rencontrés dans un restaurant discret et ont discuté pendant plus d'une heure.

Il a posé des questions à Katia sur son passé, ses ambitions et ses affaires en général.

Il l'a également interrogée sur ses habitudes et ses goûts sexuels, certains d'entre eux frôlant l'obscène.

Katia s'est vite rendu compte qu'elle était examinée et a pris soin de lui répondre franchement et n'a pas été séduite par sa manière impolie.

Enfin, le recruteur lui a fait une offre.

En échange d'un contrat de service de trois ans, l'Agence vous garantirait un généreux revenu mensuel minimum et s'occuperait de votre transport vers la Grande-Bretagne, y compris tous les documents d'immigration nécessaires.

Mieux encore, une fois qu'elle avait trois ans, ils avaient la garantie d'obtenir la citoyenneté pour elle en Grande-Bretagne ou aux États-Unis.

Katia savait que nombre de ces promesses étaient souvent dénuées de sens ou fausses.

Cependant, tous ses contacts avaient fait l'éloge de Robson et de son organisation.

Il avait la réputation de tenir parole.

Et comme elle n'avait pas grand-chose à perdre, Katia a signé le contrat sans autre discussion.

Elle était maintenant une escorte de grande classe.

CHAPITRE II

Au cours de sa première semaine à Londres, Katia a suivi un cours de comportement et a été enseignée par plusieurs des meilleurs employés de Robson.

Ils lui ont fait connaître les dernières modes, les ragots chauds qui entouraient la société, ainsi que les noms et les origines des riches et célèbres.

Dans le cadre de ce cours, elle devait avoir des relations sexuelles avec un homme et une femme qui, à eux deux, la soumettaient à toutes les activités sexuelles possibles.

Poussée par la détermination de ne jamais retourner dans la pauvreté de son ancienne maison, Katia a «obtenu son diplôme» avec brio.

Katia s'est rapidement installée dans sa nouvelle vie mondaine, et pour la plupart, elle l'a trouvé agréable, même si les hommes qu'elle a reçus étaient parfois inconsidérés et exigeants.

Elle travaillait depuis trois mois et venait d'emménager dans un nouvel appartement lorsqu'elle a reçu un appel de la secrétaire de Robson.

Elle allait assister à une réunion avec M. Robson le lendemain matin.

Choquée par cet événement sans précédent, Katia a passé la nuit à essayer de se souvenir de toute offense, réelle ou imaginaire, qui aurait pu lui causer des ennuis.

La pensée qu'elle pourrait être renvoyée et expulsée de sa nouvelle vie la terrifiait.

CHAPITRE III

Katia était assise devant le bureau de Robson depuis près d'une demi-heure lorsqu'une autre femme entra et s'assit à côté d'elle.

Katia n'avait jamais rencontré cette femme auparavant, mais elle correspondait au profil général des escortes de l'Agence.

Elle avait les cheveux noirs et était plus petite que Katia.

Elle était vêtue d'un costume en cuir noir serré et tendu qui montrait clairement que son corps était beau, cultivé et bien tonique.

La chaude odeur musquée du cuir combinée au parfum et à l'odeur naturelle de la femme envahit Katia, qui se tourna pour lui sourire et hocha la tête.

L'arrivée de la femme a semblé agir comme un signal et quelques instants plus tard, la secrétaire a levé les yeux de ses papiers et a fait signe aux deux d'entrer dans le sanctuaire de Robson.

Katia frappa à la porte et l'ouvrit.

Quand les deux sont entrés, ils ont vu son employeur, Anthony Robson, debout devant un canapé, souriant généreusement.

Une table basse était dressée avec du thé et des biscuits.

Katia se sentit se détendre un peu, car le scénario ne semblait pas conduire à une réprimande ou à un licenciement.

"Mesdames, bienvenue," dit Robson, écartant ses bras comme pour les serrer dans ses bras.

"Asseyez-vous, s'il vous plaît," dit-il, indiquant les chaises de chaque côté de la sienne. 'Thé?'

Les deux femmes acquiescèrent.

Katia pouvait voir sa propre confusion se refléter sur le visage de l'autre femme.

Elle n'avait jamais entendu dire qu'un employé était honoré de cette façon.

Son attention retourna sur Robson lorsqu'elle l'entendit s'éclaircir la gorge en vue de leur adresser la parole.

«Je suis très heureux de vous rencontrer aujourd'hui. Ce n'est pas souvent que je peux parler aux troupes, pour ainsi dire », a déclaré Robson, qui ressemblait à un dessin animé typique de la vieille école.

Pourtant, ses yeux trahissaient l'intellectuel pointu et calculateur qui l'avait conduit au sommet de son industrie un peu sombre.

«Je suppose que je devrais commencer par me présenter. Katia, voici Samantha, Samantha, Katia.

Les deux femmes se sont poliment acquiescées et ont en même temps profité de l'occasion pour faire une évaluation plus complète des atouts et de l'apparence de l'autre.

Katia a vu que ses impressions initiales de Samantha étaient correctes et, en y regardant de plus près, elle avait l'air encore plus agile et au corps de panthère qu'auparavant.

Ses grands yeux marron foncé semblaient submerger son visage anguleux et pointu, la faisant ressembler à un modèle prédateur.

Robson posa son thé et continua:

«L'agence a été contactée par un client très important, qui a fait une demande plutôt inhabituelle. En raison de l'importance et des avantages potentiels à gagner si nous sommes en mesure de satisfaire ce client, j'ai choisi deux de nos meilleures filles pour ce poste. Il hocha la tête, regardant chaque femme tour à tour. «Samantha, si vous prenez le poste et travaillez à la satisfaction du client, vous serez payé dix fois votre taux normal. Katia, votre récompense, je suppose, sera encore plus grande. Si vous réussissez bien dans ce travail, l'Agence renoncera au reste des termes de votre contrat et organisera vos documents de citoyenneté.

Katia sentit son cœur sauter quand elle entendit les paroles de Robson.

Non seulement il a offert sa liberté, mais aussi la possibilité d'échapper définitivement à la peur de devoir retourner au désespoir de sa vie antérieure.

Cependant, le doux sourire de son employeur a ramené ses pensées à la réalité.

Robson n'avait pas encore dit ce qu'on attendait d'eux en retour.

«Je ne vais rien faire de criminel. Ni qu'il y a des enfants ni des ventes de drogue ", a déclaré Katia." Si j'avais voulu ce genre de vie, je serais restée à la maison. "

Du coin de l'œil, elle vit Samantha la regarder en haussant les sourcils.

Robson avait l'air blessé, apparemment affligé que Katia soupçonne ses motivations.

«Non, ce n'est rien de tout ça,» dit-il en secouant sa tête soigneusement soignée. «Je vais vous l'expliquer. Notre cliente est Virginia Williamson, ancienne épouse de Joseph Williamson.

Les yeux de Katia s'écarquillèrent de surprise.

Joseph Williamson avait été le fondateur et PDG de l'un des plus grands entrepreneurs de défense en Europe.

Sa disparition spectaculaire et soudaine lors d'une démonstration d'un nouveau système anti-missile, qui devait faire de Williamson un super-millionnaire et révolutionner les systèmes défensifs du monde, avait fait la une des journaux pendant des jours.

'Dames. Williamson est venue nous entendre par l'intermédiaire d'un ami et elle a exprimé son intérêt pour nos services. L'attitude de Robson a changé quand il a commencé à parler affaires, et il ressemblait plus au proxénète de grande classe qu'il était vraiment. «Elle a demandé que nous lui fournissions deux femmes pour une session BDSM. Cependant, elle ne veut pas de soumis expérimentés mais de femmes «normales».

Samantha hocha lentement la tête pour comprendre.

Quand Robson la regarda, il haussa les épaules et dit:

'Pourquoi pas?'.

Katia hésita.

La pensée de la douleur ne lui faisait pas peur, mais elle craignait de ne pas être en mesure de satisfaire ce client et risquerait donc d'encourir la colère de Robson.

'Pourquoi m'as tu choisi?' Elle lui a demandé.

"En fait, Mme Williamson était celle que vous avez choisie dans notre catalogue vidéo," répondit Robson alors que ses yeux se plissaient devant le manque d'enthousiasme de Katia.

Katia se rendit soudainement compte qu'elle avait été le choix principal de Mme Williamson.

Elle hocha la tête et sourit à son patron.

"J'avais peur de ne pas pouvoir satisfaire ses goûts", a-t-il expliqué, "mais si elle m'a choisi, je suis heureux d'y aller."

"Bien," dit Robson, souriant à nouveau et se frottant les mains comme un croupier qui venait de conclure une affaire sur une vente difficile. "Et rappelez-vous, elle paie un prix plus élevé, pour tout ce qui se passe qui n'est pas une blessure grave pendant la séance," dit-il en haussant un sourcil pour insister.

Les deux femmes acquiescèrent.

Katia ne pouvait penser à aucune réponse qui ne semblait pas effrayée ou vantardise, alors elle a juste émis un son d'accord.

«Vous serez tous les deux prêts à rentrer chez vous demain à deux heures de l'après-midi. Dit Robson.

Katia comprit que c'était l'adieu et se leva pour partir.

Robson lui fit un vague au revoir.

Quand il réalisa que Samantha n'avait pas fait un geste pour partir, il hésita.

"Vas-y Katia. J'ai autre chose à discuter avec Samantha," dit Robson, l'invitant à sortir du bureau.

***

Katia a quitté le bâtiment.

Son esprit était rempli de pensées et d'émotions contradictoires.

Elle ne ressentait aucune gratitude envers Robson car c'était le client qui l'avait choisie et elle lui payait probablement une somme incroyable.

Elle travaillait depuis assez longtemps pour savoir que les femmes vraiment attirantes et élégantes qui étaient prêtes à accepter une punition grave étaient extrêmement rares, donc l'offre de Robson était juste.

Elle a également ressenti une certaine appréhension, car elle n'avait jamais été battue ou torturée auparavant.

Alors qu'elle était assise à l'arrière du taxi sur le chemin du retour, elle a pincé prudemment sa cuisse et a essayé de s'imaginer souriant et flirter avec Mme Williamson alors que tout son corps était rempli de douleur.

***

Assise sur le bord de son lit, Katia se regarda dans le miroir et hocha la tête.

Le prix en valait la peine et elle était déterminée à plaire à ce client inhabituel, quel qu'en soit le prix.

Après avoir pris sa décision, Katia dormit profondément cette nuit-là, non perturbée par d'autres doutes.

CHAPITRE IV

Katia a passé le lendemain matin au salon à travailler sur son corps, à se raser et à couper ses poils pubiens et à frotter la lotion sur sa peau jusqu'à ce qu'elle brille.

Après un léger déjeuner de salade et un verre de vin blanc, elle a été récupérée par une limousine louée.

Samantha était déjà dans la voiture et elle était également dans un état de propreté irréprochable.

Elle portait une jupe en laine noire qui tombait juste en dessous de ses genoux mais avait une fente sur le côté presque jusqu'aux hanches, un pull à col roulé marron foncé et des bottes assorties, et une veste en cuir surdimensionnée de couleur crème. .

Katia était heureuse d'avoir choisi de porter une veste et une jupe gris tourterelle avec un chemisier en soie crème.

Leurs apparences contrastées ne feraient que souligner les différences entre les deux femmes, donnant à la cliente un peu de variété et de choix.

Katia a été surprise de voir un smartphone attaché à la taille de Samantha.

C'était une règle que, pendant son séjour à l'Agence, personne ne portait de téléphone.

L'Agence ne fournissait pas d'escorte pour les «rapides» dans les chambres d'hôtel et l'interdiction des smartphones ne servait qu'à souligner le fait que les filles ne devraient jamais précipiter un client ou ignorer le client en conversant au téléphone.

Samantha remarqua la surprise de Katia et sourit.

«Ordres du patron. Il veut s'assurer que tout est à la satisfaction de Mme Williamson, dit-elle en tapotant le téléphone avec un ongle bien entretenu. 'Ne t'en fais pas. Je l'éteindrai quand nous y serons.

La voiture s'est arrêtée devant la porte d'entrée.

Le personnel de sécurité doit avoir reçu le numéro de la voiture et des photos des occupants attendus car la porte a été ouverte avant que le conducteur n'ait la chance d'atteindre l'interphone.

Quand ils sont arrivés à la maison, Katia et Samantha ont attendu que le conducteur ouvre leurs portes avant de sortir gracieusement du véhicule.

La porte d'entrée était ouverte et un majordome en costume sombre attendait derrière.

«Mme Williamson vous attend dans le salon,» dit-il en approchant. «S'il vous plaît, promenez-vous ici.

Le majordome n'a donné aucune indication visible qu'il était au courant de leur occupation ou du but de leur visite.

Katia était sûre qu'elle connaissait tous les détails et aurait préféré qu'ils soient entrés par l'entrée de service.

Le majordome frappa doucement à la porte du salon et annonça:

"Vos visiteurs sont ici, madame."

Il s'écarta et fit entrer les deux femmes dans la pièce.

«Fermez la porte, Phillip. Vous ne devez pas nous interrompre pour quelque raison que ce soit, à moins que je ne vous appelle, dit Virginia Williamson en se levant de sa chaise.

Il a attendu que la porte se ferme et je sais que le majordome était absent avant de reprendre la parole.

En souriant, elle a dit:

'Bienvenue. J'avais hâte de les voir.

"Vous devez être Katia et vous, Samantha," continua-t-il, faisant un signe de tête à chacun d'eux.

Katia et Samantha ont souri et leur ont répondu.

Mme Williamson n'a fait aucun mouvement pour se serrer la main, alors ils ont tous deux attendu que leur client indique comment ils voulaient procéder.

«Asseyez-vous et discutons un instant», dit leur hôtesse. «Oh, et s'il vous plaît pouvez-vous m'appeler Virginia.

Il attendit que les deux filles s'assoient avant de continuer.

«Laissez-moi vous donner quelques informations pour que vous compreniez ce que je veux de vous.

Il s'arrêta un moment pour rassembler ses pensées.

«J'ai épousé mon mari pour son argent, et il le savait. Il n'y avait aucune illusion de part et d'autre, mais ne pensez pas que tout était sombre et mercenaire. Nous nous entendons très bien et formons une bonne équipe.

Virginia sourit.

«Ils doivent se demander pourquoi je leur raconte toute cette histoire prosaïque. Eh bien, je suis une jolie femme et assez intelligente pour en faire un compagnon convenable. Cependant, il m'a choisi en particulier pour une autre raison. Vous voyez, dans la chambre, c'était un sadique. Il aimait blesser physiquement ses amants.

En entendant cette révélation, Katia et Samantha se sont rapidement regardées.

Voyant cela, Virginia rit, et sa voix douce et mélodieuse surprit les filles.

«Non mes chers, je ne suis pas devenue une pauvre jeune fille victime. Peu de temps après notre rencontre, il m'a tout raconté sur ses goûts en matière de «divertissement». C'est moi qui me suis porté volontaire pour une vie très confortable. Contrairement à une femme battue, j'étais toujours vraiment gaie et aimante en public, et j'étais toujours disponible pour m'amuser et jouer avec lui quand il était d'humeur. Quand nous avons découvert qu'elle avait une tumeur inopérable dans son cerveau, elle était vraiment choquée et triste. En fin de compte, il a dit que j'étais la seule personne au monde avec qui il avait vécu à ne pas avoir essayé de le changer pour cette raison et, à ma grande surprise, il m'a laissé tout ce qu'il avait dans son testament. »Elle se mordit la lèvre, perdue. , encore une fois, dans ses pensées.

Soudain, Virginia se redressa.

"En fait", a-t-il dit, "tous les problèmes techniques juridiques ont été résolus hier et, dans peu de temps, les fiduciaires de votre succession établiront un lien spécial pour moi sur l'intranet de la société. Une fois que je me connecterai avec mon nouvel utilisateur à Le terminal mobile sur cette table, le contrôle de tous les comptes bancaires de mon mari, les droits de brevet et les actions passeront en ma faveur.

Elle rit à nouveau.

«Mon mari aimait tellement ses jouets. Toute la maison est configurée avec un réseau sans fil infrarouge. Il avait l'habitude d'emporter ce terminal partout, même aux toilettes.

Virginia Williamson se leva et se retourna.

Le tissu blanc doux et translucide de sa robe se déplaça comme un nuage pris dans une rafale de vent et les deux filles virent qu'elle avait un corps fin et bien tonique.

On pourrait dire que vous deux, c'est un petit cadeau pour moi pour célébrer l'occasion. En fait, un bon ami à moi m'a donné l'idée. Quand j'ai dit que je n'avais souhaité aucune mauvaise volonté à mon défunt mari de me traiter comme il me traitait, je le pensais. Pourtant, il me semble qu'au fond, dans un petit coin de mon esprit, j'ai toujours senti que les autres femmes se moquaient de moi et cela me dérangeait. "Il a regardé dans les yeux de chacune des filles." Je me dis de Je sais que des millions de femmes auraient fait la même chose si elles avaient eu ma chance, mais j'ai besoin de le voir par moi-même. »Et en montrant Samantha, elle lui demanda pour la première fois: « Comprends-tu ce que je veux?

Samantha sourit et haussa les épaules.

«Je suis là pour que vous passiez un bon moment. Si tu veux rougir mes fesses ou me gifler, je suis tout à toi, dit-elle en tapotant ses fesses avec sa main.

Virginia haussa un sourcil élégant puis se tourna vers Katia.

'Et toi?'

Katia réfléchit à l'attitude de Samantha et réfléchit à ce que la femme avait dit.

Il se souvint également que Virginia n'avait pas voulu de soumis expérimentés.

Il s'avança et prit la main de Virginia dans la sienne.

Le portant à ses lèvres, il embrassa le bout des doigts de la femme puis pressa sa main sur le côté de son visage.

Lentement, il fit courir sa main le long de l'angle de sa mâchoire et le long de la courbe gracieuse de son cou jusqu'à ce qu'il se repose sur la courbe supérieure de l'un de ses seins.

«Je ne sais pas comment jouent les sadiques, mais je connais mon propre corps. Je sais ce qui fait du bien et ce qui fait mal. Habituellement, les gens veulent que je leur dise ce qui fait du bien et où j'aime que mon corps soit touché. Mais je vais vous montrer tous les endroits doux, tendres et sensibles qui me feront gémir, pleurer et hurler. Je vais tendre la main et m'ouvrir pour que vous puissiez atteindre tous les endroits secrets et les endroits humides et délicats avec vos doigts, mains, dents et fouets. Je vais t'embrasser et te lécher pendant que tu me blesses. J'ai un corps magnifique et sexy et c'est à vous de jouer comme vous le souhaitez '

Virginia a regardé profondément dans les yeux de Katia et a vu la force, la détermination et l'humour.

Elle serra doucement le globe ferme et charnu sous sa paume et hocha la tête.

Elle baissa la main et se glissa dans son siège.

«Laisse-moi te voir nue. Toi aussi. Enlève tous tes vêtements, puis viens te mettre devant moi.

Katia et Samantha étaient toutes deux soulagées d'entendre cette demande familière.

Se déshabiller gracieusement devant un inconnu était l'une des premières choses qu'une escorte apprenait à faire.

Samantha retira le smartphone de sa taille et le tendit à Katia alors qu'elle appuyait sur le bouton d'arrêt, éteignant la LED lumineuse à l'avant de l'appareil.

Elle fit un clin d'œil, soulignant sa conformité aux règles de l'Agence, puis plaça le téléphone sur la table à côté du terminal informatique.

Samantha enleva ses vêtements et les jeta de côté comme si elle était contente de s'en débarrasser, exposant son corps bronzé et tonique presque gaiement.

D'un pas sûr et confiant, il recula de ses vêtements, s'arrêtant à un bras de Virginie.

Il passa légèrement ses mains sur le devant de son corps depuis le haut de ses seins, sur ses mamelons pointus et sur le plan ondulé de son ventre plat avant de les placer avec arrogance sur ses hanches.

Katia était moins exhibitionniste.

En fait, elle se sentait toujours un peu gênée lorsqu'elle enlevait ses vêtements devant un client.

Il plia soigneusement chaque vêtement et les posa sur une chaise, exposant efficacement son corps, mais sans le spectacle de son collègue.

Gardant ses talons hauts, elle rejoignit Samantha devant Virginia.

Virginia se pencha en avant sur son siège et tendit la main pour toucher les cuisses fermes et lisses des deux filles.

La sensation de sa chair chaude sous ses doigts semblait la ramener à la réalité de la situation et ses yeux s'illuminaient d'excitation.

Sa langue croisa ses lèvres alors qu'il permettait à tous ses fantasmes vengeurs et images d'humiliations passées, réelles ou imaginées par des femmes dans une société dédaigneuse, de remplir son esprit.

Il fit courir ses doigts le long de la peau soyeuse de l'intérieur de ses cuisses, s'arrêtant juste avant de toucher ses monticules.

"Nous allons jouer un petit match", a déclaré Virginia.

Atteignant sous la table basse à côté de sa chaise, quelque chose qui ressemble à une cravache d'apparence méchante en cuir noir brillant.

«Je veux que vous jouiez un peu avec vous-même. Reste là où tu es maintenant et écarte un peu les jambes.

Il attendit que les deux filles obéissent, se traînant jusqu'à ce qu'elles soient comme des soldats se reposant dans une parade.

«Maintenant, utilisez les doigts d'une main pour écarter vos lèvres et montrez-moi vos clitoris» ordonna Virginia.

Ensemble, Samantha et Katia ont tendu la main et ont écarté leurs lèvres extérieures avec leur index et leur majeur, faisant que leurs lèvres intérieures rose pâle ressemblent à une paire de papillons charnus.

En tirant légèrement vers le haut, ils ont réussi à tirer le capuchon protecteur de la peau en arrière et loin de ses clitoris.

"C'est bien," dit Virginia. «Maintenant, je veux qu'ils jouent tous les deux avec leurs clits. Ne touchez à aucun autre endroit. Juste ses clitoris.

Katia a mis sa main à sa bouche pour lubrifier le bout de son doigt.

Virginia secoua la tête et dit:

'Ne pas. Ne faites pas ça, n'utilisez pas de lubrifiant. Elle a agité la récolte devant ses hanches. «C'est un concours. La gagnante reçoit son prix dans le cul avec ce fouet, dit-il en souriant, et le perdant se fera pilonner la chatte. "

Les deux filles commencèrent à caresser leurs clitoris avec précaution, grimaçant alors que leurs doigts secs frottaient sur la peau sèche et douloureusement sensible.

«Au fait, dit Virginia. «Je n'ai pas décidé si celui qui court en premier ou celui qui termine deuxième sera le vainqueur. Peut-être lancer une pièce. Mais laissez-moi vous avertir, je punirai quiconque essaie de simuler un orgasme ou n'essaye pas vraiment de venir. "

Samantha gémit de consternation et ferma les yeux avec concentration, frottant son doigt en petits cercles autour de son clitoris raide.

Katia a utilisé une technique différente, en gardant le bout de son doigt à un point juste au-dessus de son clitoris et en faisant vibrer son doigt dans de petits mouvements d'un côté à l'autre.

Les deux filles ont eu beaucoup de mal à se stimuler suffisamment pour jouir sans pouvoir toucher le reste de leur corps.

De plus, la pression d'être dans une compétition a rendu les choses encore plus difficiles.

Et malgré l'avertissement de Virginia, les deux filles n'avaient d'autre choix que d'essayer de jouir en premier dans l'espoir d'éviter la punition la plus dure.

Les muscles des jambes et des fesses de Katia tremblaient sous l'effort de se tenir debout, les pieds bien écartés alors qu'elle se lançait dans un orgasme.

Il avait envie de pouvoir caresser ses seins et ses mamelons, trouvant que le besoin de se concentrer uniquement sur son clitoris rendait en fait plus difficile pour elle de venir.

Le frottement constant de son doigt sec commençait à lui faire mal au clitoris et Katia savait qu'elle était dans une course non seulement avec Samantha mais avec son propre corps.

Elle devait jouir avant que son contact ne devienne trop irritant pour qu'elle puisse jouir.

Elle concentra son attention sur le petit bourgeon qui s'étalait entre ses doigts, laissant ses sentiments, de honte et d'excitation à se montrer à Virginia de cette manière obscène, s'appuyer sur sa stimulation.

En fait, elle sentit son clitoris picoter alors que le regard de Virginia balayait son entrejambe.

Chaque mouvement de son doigt envoyait une vibration vibrante à travers son corps, rayonnant vers l'extérieur depuis son clitoris super stimulé.

Il courut à travers les vagues de sensation et absorba la douleur douloureuse de son clitoris, combinant plaisir et douleur.

Virginia reporta son attention sur Samantha, qui faisait tourner agressivement son clitoris, ignorant l'inconfort et se frottant de plus en plus fort.

S'appuyant sur ses hanches, poussant contre sa main et haletant.

Ses yeux se fermèrent et sa peau commença à briller avec l'effort alors qu'elle se dirigeait vers l'orgasme.

La femme regarda avec fascination les deux filles se masturber tendues et gémissantes alors qu'elles approchaient de leur point culminant presque en même temps.

Il vit les yeux de Samantha regarder Katia, puis ses dents apparurent dans un sourire triomphant alors que les muscles de son ventre se contractaient et se contractaient dans les petits mouvements convulsifs qui indiquaient son orgasme.

Les hanches de Samantha bougèrent et s'aplatirent comme si elle se poussait contre un amant invisible et ses cuisses se refermèrent, emprisonnant sa main entre elles.

Quelques secondes plus tard, Katia a crié sans rien dire alors que son doigt vibrant l'amenait finalement à l'orgasme.

Elle chancela alors que la sensation intense affaiblissait ses genoux, mais elle maintint sa posture générale et continua à travailler son clitoris, faisant de son orgasme se transformer en une série de mini-orgasmes.

Virginia pouvait réellement voir le clitoris de Katia palpiter et bouger alors qu'elle allait et venait.

L'ouverture du vagin de Katia brillait de liquides laiteux qui menaçaient de s'échapper de son trou et de couler sur le tapis.

Consciente qu'elle jouait réellement pour le divertissement de son client, Katia a maintenu sa position et a écarté soigneusement sa chatte afin que Virginia puisse voir les pétales raides de ses lèvres intérieures et la couleur rouge foncé de sa chair stimulée.

Elle grimaça mentalement à l'idée d'être fessée dans sa chatte.

Virginia frappa dans ses mains.

«Mesdames, bravo! C'était une excellente performance de vous deux. Puis il a sorti une pièce de monnaie qu'il a lancée en l'air. Et le gagnant est: celui qui est arrivé en dernier! 'Il a dit cela en pleurant de façon dramatique.

Samantha grogna de dégoût, tandis que Katia poussa un petit soupir de soulagement.

Agitant sa cravache, Virginia a déclaré:

«Très bien, distribuons les prix. Katia, vous d'abord. Gardez vos jambes telles quelles et accroupissez-vous pour recevoir vos six récompenses.

Katia se pencha docilement et posa ses mains sur ses genoux, observant la cravache avec peur.

La cravache et son support s'éloignèrent derrière elle et elle serra les dents par anticipation.

Malgré sa concentration effrayée, le balancement du fouet dans les airs eut à peine le temps de s'enregistrer dans son esprit avant de sentir le fouet frapper directement ses fesses.

Une douleur brûlante et lancinante envahit les deux joues de ses fesses bien étirées alors qu'elle se balançait en avant sous l'impact.

"S'il vous plaît, comptez-les," dit Virginia, observant l'augmentation rapide de la couleur qui coupait parfaitement la peau de Katia.

'Une!' Katia haleta.

SSSSS ... crack!

'Oh! Deux'

Le troisième coup a attrapé Katia juste à la jonction où ses cuisses rencontraient ses fesses, et la pointe du fouet a attiré une petite goutte de sang, peignant une ecchymose rouge foncé.

Katia hurla de douleur, ses doigts se crispant sur ses genoux alors qu'elle combattait son désir instinctif de bondir et de frotter sa chair blessée.

'Trois'.

Les quatrième et cinquième coups de fouet se succédèrent rapidement, traçant deux autres lignes droites de cramoisi sur le dos de Katia.

Virginia visa prudemment et lança son fouet fort pour le sixième et dernier coup.

Cette fois, le fouet frappa directement une fesse, mais la pointe s'enfonça profondément dans la fissure entre eux, mordant sauvagement dans le trou de Katia.

La douleur et le choc étaient trop grands pour Katia, qui sauta sur ses pieds et écarta les deux mains pour protéger sa chair blessée.

Cependant, elle conservait encore assez de présence d'esprit pour crier «Six! et ainsi mettre fin à son calvaire.

Virginia passa sa main sur la peau rouge feu de Katia, appréciant la chaleur et la sensation des crêtes raides aux bords cramoisis qu'elle avait fait apparaître là.

Katia pressa son corps contre son bourreau, ses seins écrasant contre l'épaule de Virginia.

«Cela a-t-il fait beaucoup de mal? Virginia a demandé doucement.

Katia secoua la tête en caressant le bras de la femme.

"Cela n'a pas d'importance," répondit-elle, "tant que je suis heureuse."

Tournant la tête pour regarder le visage de Virginia, il lui fit un sourire triste.

«Tu peux me frapper un peu plus si tu veux» proposa-t-elle.

Virginia l'embrassa sur la joue et lui sourit en retour.

«C'est assez pour le moment. Samantha attend de jouer avec moi.

Elle fit un câlin à Katia.

La sensation et l'odeur du beau corps de la blonde dans ses bras emplirent ses sens et Virginia pouvait sentir sa culotte devenir collante dans son entrejambe.

CHAPITRE V

Debout, les bras croisés sur ses seins, Samantha avait vu Katia fesser avec un petit sourire sur son visage, mais il a rapidement disparu lorsque les deux autres femmes la regardaient.

Il pointa son nez sur la cravache dans la main de Virginia et dit:

«Maintenant c'est mon tour, je suppose. Alors qu'est-ce que tu veux que je porte? Élever mon cul comme Katia ne fonctionnera pas si vous allez me cogner la chatte.

"Pourquoi ne suggérez-vous pas quelque chose?" Répondit Virginia en faisant tinter le fouet dans la paume de sa main.

Samantha a cherché l'inspiration dans la pièce.

Se rendant compte que toute position qui l'obligeait à faire preuve d'équilibre et de concentration, tout en se faisant fesser les organes génitaux, était impossible à maintenir, elle a fait son choix.

«Et si je m'allonge à côté de moi sur le canapé? Je peux lever ma jambe et l'écarter pour que vous ayez une bonne chance de me fesser la chatte.

Elle a adapté ses paroles à l'action, démontrant la posture qu'elle avait suggérée.

Avec son avant-bras accroché derrière son genou, elle était capable de tenir sa jambe avec les deux bras, ce qui l'aiderait à garder ses jambes écartées même lorsque Virginia frappait son sexe.

"Ça a l'air bien," dit Virginia, touchant la chatte de Samantha expérimentalement avec son fouet.

La posture fournie par la jeune fille a ouvert la vulve de son sexe à un point tel que Virginie pouvait voir son passage vaginal.

La vue du vagin ouvert de Samantha donna une idée à Virginia et elle se tourna vers Katia, qui frottait toujours soigneusement ses fesses douloureuses.

«Katia, je veux que tu fasses quelque chose pour moi pendant que je divertis Samantha.

Katia hocha la tête.

'Bien sûr'.

Virginia pointa du doigt sa cravache.

«Vous voyez ce vibromasseur noir et argent brillant là-bas? Je veux que tu le mettes dans ta chatte et que tu l'allumes. Tournez lentement la molette, un clic à la fois. Je veux voir jusqu'où tu vas quand j'en aurai fini avec Samantha.

Intriguée, Katia dit "OK" puis se dirigea vers l'appareil indiqué.

Quand il l'a ramassé, il a été surpris de constater qu'il était plus lourd que prévu.

Les bandes brillantes qui parcouraient la longueur du cylindre du vibrateur étaient en métal et froides au toucher.

Elle réalisa que le poids allait rendre plus difficile le maintien de lui dans son corps à moins qu'elle ne garde les jambes serrées.

Haussant les épaules, Katia plaça la pointe douce et arrondie à l'ouverture de son sexe et tourna doucement le vibromasseur d'un côté à l'autre, l'insérant.

Il a facilement glissé dans sa chatte, qui était encore humide de sa séance de masturbation.

Comme Virginia ne regardait pas, elle ne montra pas l'insertion de l'appareil, mais le fit simplement glisser le long de son corps en un mouvement fluide.

Lorsque la pointe a touché le col de l'utérus, seule la molette de commande moletée était affichée.

La sensation froide du métal au fond de son corps la fit frissonner.

Katia regarda Virginia, qui était occupée à jouer avec les lèvres de Samantha, tapotant légèrement les pétales humides de ses lèvres intérieures avec le bout de cuir plat de son fouet.

Katia regarda entre ses jambes le plastique noir brillant qui dépassait de son corps.

Les instructions de Virginia de tourner le cadran un clic à la fois la rendirent méfiante, soupçonnant que le moteur du vibrateur était plus puissant que la normale.

Elle tourna le cadran, le sentant cliquer sous ses doigts.

À sa grande surprise, il n'y avait aucun bourdonnement ou mouvement perceptible.

Puis elle ressentit la petite sensation de picotement qui parcourut son vagin, provoquant la contraction de ses muscles internes sur l'objet intrus.

Elle haleta doucement, réalisant que le «vibrateur» ne contenait pas du tout de moteur.

Le poids qu'il avait ressenti était entièrement dû à une grosse batterie.

Les bandes métalliques à l'extérieur n'étaient pas seulement des ornements, mais étaient en fait des contacts électriques.

Il essaya de tourner le cadran dans l'autre sens pour couper le courant de chatouillement, mais il ne bougea pas.

L'interrupteur a été conçu pour tourner dans un seul sens, à moins qu'un verrou dissimulé ne soit libéré.

Prudemment, Katia tourna à nouveau le cadran.

Le courant a immédiatement pris de la force et était maintenant assez fort pour avoir l'impression que des épingles et des aiguilles la poussaient dans sa chatte.

En regardant le cadran, ses yeux s'écarquillèrent sous le choc.

Il y avait un total de dix arrêts dans le quadrant et, si le second donnait ces sensations, les niveaux supérieurs généreraient un choc sévère et pourraient même brûler la viande aux points de contact.

Pas étonnant que Virginia veuille voir jusqu'où Katia irait!

Mais elle était déterminée à ne pas décevoir la femme, alors elle tourna à nouveau le cadran.

Comme prévu, la sensation de picotement a considérablement augmenté en force, se sentant maintenant comme de petites piqûres de fourmis qui continuaient encore et encore.

Il sentit son front se mouiller et un élancement douloureux commença à se propager dans le bas de son abdomen.

À ce moment-là, un fort coup est venu de l'autre côté de la pièce.

Levant la tête, Katia vit le corps de Samantha se branler alors que la récolte frappait sa chatte rasée.

Il entendit Virginie dire:

«Je vous laisse le nombre de hits. Dis-moi juste quand tu en as assez.

Enfonçant ses ongles dans sa cuisse, Katia tourna à nouveau le cadran.

La vive douleur le fit rejeter la tête en arrière et serrer les doigts de ses deux mains sur les muscles de ses fesses meurtries.

Ce niveau était le plus loin qu'elle voulait aller si elle voulait rester ici et attendre que Virginia finisse de donner une fessée à Samantha.

Virginia abaissa à nouveau le fouet d'un coup de poignet, frappant Samantha sur ses deux lèvres extérieures charnues.

Plusieurs marques rouges entrecroisées décoraient maintenant le monticule de Samantha et ses lèvres intérieures avaient commencé à gonfler là où le fouet les avait frappées.

Samantha avait porté son genou à son visage et étreint sa cuisse contre sa poitrine avec une sombre détermination.

Il regarda avec les yeux plissés pendant que Virginia tira le fouet pour un autre coup.

Le fouet a clignoté dans un arc gris flou avant de frapper la chair de Samantha.

Cette fois, Virginia avait visé le fouet de telle sorte que seule la pointe atteignait sa victime, atterrissant juste au sommet de ses lèvres et dépensant toute sa force sur et autour du clitoris de Samantha.

Samantha hurla de douleur, sa jambe libre frappant le tissu du canapé comme pour chasser son bourreau.

La douleur lancinante de la récolte frappant son clitoris sensible était presque insupportable.

Virginia s'agenouilla à côté de Samantha et lui demanda:

"Combien de ceux que vous pensez que vous pourriez gérer?"

Samantha secoua la tête, toujours haletante de l'agonie qui remplissait son entrejambe.

'Je ne sais pas. Ça fait vraiment mal'

Malicieusement, Virginia a déclaré:

"Donne-moi un chiffre. Si c'est raisonnable et que tu peux rester immobile pendant eux, je vais arrêter de frapper ton vagin."

Samantha cligna des yeux de confusion alors qu'elle tentait de décider du nombre minimum de coups sur son clitoris que Virginia accepterait et qu'elle pourrait prendre sans se casser.

'Cinq?' dit-elle avec espoir.

"C'est un accord", a déclaré Virginia. 'Je suis d'accord'.

Le fouet fendit l'air et frappa à nouveau le carré du sexe.

Samantha gémit et se tortilla sur le canapé. C'était comme si son clitoris avait été coupé par un couteau.

Le deuxième coup a atterri comme une explosion de feu sur son aine.

La peau autour de son clitoris devenait rouge foncé et le petit cocon sexuel avait gonflé à presque deux fois sa taille normale.

Malgré sa détermination, Samantha a laissé sa jambe tomber dans un mouvement instinctif pour protéger ses organes génitaux blessés.

"C'est faux," réprimanda Virginia. "Voyons voir cet adorable petit clitoris," dit-il en levant la main.

Avec un gémissement sanglotant, Samantha souleva sa cuisse, exposant à nouveau complètement sa chatte.

Quand Virginia a balancé le fouet et a frappé son clitoris avec un swing d'entraînement, Samantha a été mortifiée de sentir une petite goutte d'urine s'échapper de son urètre alors qu'elle recula du coup prévu.

Décidant que Samantha méritait une récompense pour sa force, Virginia plaça la pointe du fouet carré dans l'ouverture du vagin de Samantha.

«Gardez ça pour moi chérie,» dit-il en enfonçant le manche du fouet dans sa chatte ouverte.

Laissant le fouet dépasser du corps de Samantha comme un pénis anorexique, Virginia se tourna vers Katia.

Les serrant, il prit les seins tremblants de la blonde dans ses paumes, jouant ses tétons avec ses pouces.

«Dans quelle position êtes-vous? elle a demandé.

«Quatre» murmura Katia. "Ça fait vraiment mal," ajouta-t-il en penchant la tête, "mais je pense que je me mouille."

Quand il la regarda, il y avait une expression confuse dans ses yeux.

Virginia embrassa son front mouillé.

Puis il glissa sa main sur le devant du corps de Katia jusqu'à ce que le bout de son index touche le clitoris de la fille.

En appuyant fermement sur le coussin sexuel humide, Virginia sentit un petit picotement sur son doigt qui était le résidu du courant piquant qui craquait dans la chatte de Katia.

Saisissant le clitoris palpitant avec le pouce et le doigt, il pressa ses lèvres contre l'oreille de Katia.

«Je veux te blesser un peu plus. Puis-je?'

Katia prit une profonde inspiration et se redressa, plaçant ses mains sur les hanches de Virginia comme si elle se préparait à danser.

«Tu peux» lui murmura-t-elle.

Les lèvres de Virginia se pressèrent contre les siennes et elles s'embrassèrent, les langues entrelacées et sondées.

En même temps, Virginia pinça fermement le clitoris de la fille, ses ongles mordant la chair délicate.

Il sentit son souffle chaud alors qu'il haletait de douleur, et son gémissement vibrait dans sa bouche alors qu'il continuait de serrer et de tordre la morsure extrêmement sensible.

À ce moment, le terminal informatique sur la table voisine émit un bip.

«Ups, je suis désolé. Je dois m'arrêter un instant. L'argent m'appelle, dit Virginia.

En passant devant Samantha, il arracha le fouet de son fourreau charnu et donna à la fille surprise un coup méchant sur son clitoris.

"Je ne veux pas que tu t'ennuies," dit-il en riant joyeusement.

Virginia se pencha pour regarder l'écran LCD et vit le message qu'elle attendait.

Le curseur clignotant sur l'écran a mis en évidence les mots «Entrez le mot de passe souhaité, qui ne doit pas comporter moins de 15 chiffres et peut contenir des lettres et des chiffres».

Il a tapé son mot de passe, qu'il avait choisi plusieurs jours auparavant, puis a appuyé sur la touche «Entrée».

L'écran est devenu vide momentanément, puis «Félicitations. Votre mot de passe a été accepté. '

Virginia se retourna et frappa dans ses mains de joie.

'Enfin!' s'exclama-t-elle. "Tout est déjà à moi."

Revenant à Katia, il a donné à la fille un baiser sur la joue.

Dans sa joie, il ne remarqua pas Samantha se lever du canapé et regarder dans la direction de l'ordinateur.

Soudainement, une LED verte s'est allumée à l'avant du smartphone qu'elle avait posé sur la table et le visage de Samantha se tordit en un sourire de loup.

Repoussant la cravache que Virginia avait laissée tomber sur le sol, il se glissa dans sa veste jetée.

Virginia ciblait les mamelons de Katia pour leur donner une pincée ludique quand elle entendit Samantha se racler la gorge bruyamment avec un «Ahem! théâtral.

Puis il vit les yeux de Katia s'écarquiller de surprise.

CHAPITRE VI

Se retournant, Virginia haleta à la vue de Samantha, qui portait sa veste drapée autour de ses épaules comme une cape et tenant un petit pistolet automatique noir dans une main.

'Tu aimes?' Demanda Samantha en agitant son pistolet. «C'est un S&W Bodyguard 380 automatique et il se glisse bien dans une poche de veste sans faire de renflement disgracieux. Et vous ne pouvez même pas le voir! ». Samantha a frappé le pistolet avec son autre main. «Je suis désolé de ne pas pouvoir réarmer le marteau avec un clic menaçant, comme ils le font dans les films, et j'ai déjà mis une balle dans la chambre donc je ne vais pas non plus reculer le marteau, mais je suis sûr que les dames savent ce qu'elles ont. que faire, dit-il en montrant de sa main libre.

Virginia et Katia levèrent la main, toujours choquées par la tournure soudaine des événements.

'Confus?' Dit Samantha. Comme aucun de vous n'est un expert du kung-fu, je prendrai le risque de prendre un moment pour expliquer. Vous voyez ce smartphone? C'est en fait un récepteur infrarouge et un appareil d'enregistrement numérique qui m'ont été donnés par le conseiller juridique et ami de votre cher mari décédé. Elle sourit à l'expression choquée de Virginia. «Oui, le même ami qui vous a donné l'idée de nous engager pour votre plaisir et vos jeux. Comme c'est lui qui a rédigé le contrat pour l'installation du système de réseau sans fil dans cette maison, il n'a eu aucun problème à obtenir les spécifications de son système de cryptage et à disposer d'un analyseur adapté qui ressemble à un téléphone.

Samantha pressa sa main contre sa chatte avec un sifflement de douleur.

"Vous n'oserez pas utiliser cette arme ici," dit Virginia.

«Pensez-vous à votre fidèle majordome? Demanda Samantha avec moquerie. «Lorsque votre mari vous a tout laissé, sa fidélité a soudainement sombré. Vous gagnerez votre part en veillant à ce qu'aucun autre membre du personnel ne soit présent pour assister à ce qui se passe ici. Elle rit alors que les épaules de Virginia s'affaissaient de défaite. «Dans un instant, j'appuie sur le bouton« transmettre »du téléphone et mes partenaires recevront votre mot de passe crypté et commenceront à transférer votre... je veux dire... notre argent pour leur nouvelle maison.»

«Pourquoi tout ce théâtre? Demanda Katia. «Depuis le début, vous auriez pu pointer votre arme sur Virginia et lui demander de vous donner le mot de passe.

Virginia acquiesça.

«Je suis désolée, mais je n'ai pas pu» dit Samantha en secouant la tête. "Nous savons tout sur l'alarme automatique qui se déclencherait si le mauvais mot de passe était entré ou si un mot de code d'urgence spécifique était utilisé."

«Que se passe-t-il maintenant? Dit Katia.

Samantha secoua la tête tristement.

«Il y aura un terrible scandale. Une riche femme perverse engage une prostituée pour des jeux sexuels BDSM. La pute s'oppose à un traitement brutal et sort un pistolet. Ils se battent et la riche est abattue. Cependant, en raison du petit calibre du pistolet, la riche dame blessée parvient à attraper le pistolet et à tirer sur la pute dans le cœur avant de mourir elle-même. Samantha toucha doucement son clitoris gonflé à nouveau. «Et je pense que tu auras l'honneur inhabituel de te faire tirer dessus dans la chatte», grogna-t-elle. «Écarte les jambes, Virginie. Je veux avoir une belle photo nette '

«Et si je refuse? Demanda Virginia, son visage pâlissant.

Samantha haussa les épaules avec désinvolture.

«J'ai beaucoup de balles. Cela ne me dérange pas de vous tirer d'abord dans les genoux et les épaules.

Des larmes de peur et d'impuissance coulaient sur le visage de Virginia alors qu'elle repoussait lentement ses pieds.

«Hé, Samantha ... pourrais-je te demander une faveur avant que tu ne me tues? Dit Katia, apparemment résignée à son sort.

'Quoi?'

«Pourrais-tu au moins sortir ça de ma chatte avant que ça n'arrive? Katia a répondu, en montrant le gode qui était toujours enfoncé dans sa chatte.

Samantha rit.

"Ce serait amusant si ton corps trouvait encore cette chose dedans, mais ... OK, tu peux l'enlever," dit-il avec magnanimité.

Katia savait qu'elle n'aurait qu'une seule chance de survivre.

Cependant, cela dépendrait de sa capacité à supporter la douleur sans rien montrer sur son visage.

Atteignant entre ses jambes, il saisit l'extrémité du gode d'une main et la molette d'alimentation de l'autre.

«Laissez-moi éteindre cette fichue chose en premier» murmura-t-elle.

Serrant les dents, Katia a tourné le cadran à «10» avec une torsion brusque de son poignet.

Le courant se répandit sur les parois de sa chatte humide, faisant de petites brûlures en elle alors qu'elle sortait le gode.

Katia a combattu l'envie de crier, a ramassé le dispositif de torture qui fuyait et l'a lancé avec désinvolture sur Samantha, en disant:

"Si tu veux, tu peux l'avoir."

Surprise, Samantha a giflé l'objet volant.

Lorsque ses doigts ont touché les contacts métalliques humides, une étincelle violette a émergé, lui envoyant un coup brûlant dans sa main et son bras.

Elle a crié à cause de l'explosion d'énergie électrique qui a traversé son corps.

La puissance était en fait trop faible pour causer des dégâts permanents, mais cela la stupéfia pendant une seconde, assez longtemps pour que Katia se précipite en avant et attrape la main qui tenait l'arme.

Le doigt de Samantha secoua la détente et une balle de 0,390 mm passa devant l'oreille de Katia.

Bien que la balle n'ait pas fait de dégâts, l'explosion du canon si près de sa tête l'a étourdie.

Abasourdie, elle a réussi à empêcher Samantha de lui tirer dessus à nouveau, mais elle n'a pas pu prendre l'arme de son adversaire.

Pendant plusieurs secondes, les deux filles se débattirent, mais avec une torsion délibérée de ses bras, Samantha réussit à se libérer.

Katia regarda le petit trou noir dans la pointe de l'arme alors qu'elle s'alignait avec son œil.

Il y eut un «craquement» bruyant et Katia regarda autour d'elle confuse lorsqu'elle réalisa qu'elle était toujours en vie.

Samantha s'est effondrée au sol, révélant que Virginia tenait l'étui pour ordinateur portable brisé à deux mains, ayant utilisé l'appareil électronique comme une chauve-souris très efficace.

«Mon mari a toujours dit que les ordinateurs pouvaient être très mauvais pour la santé» haleta Virginia, laissant tomber l'ordinateur désormais inutile sur la tête de Samantha inconsciente.

CHAPITRE VII

La police est venue immédiatement après l'appel de Virginia, emmenant Samantha et le majordome traître avec eux.

Après avoir fait leurs déclarations, la police a laissé les deux femmes se remettre, conseillées par de nouveaux avocats de Virginie.

Katia se laissa tomber sur le canapé, un verre de cognac à la main.

'Que se passe-t-il?' Demanda Virginia en s'asseyant à côté de lui.

«Eh bien, avec mon patron en prison et son entreprise fermée, j'étais sans emploi. Sans sponsor, je devrai quitter le Royaume-Uni et retourner en Europe », soupira Katia.

Virginia étudia la belle blonde pendant un moment puis sourit.

«Mon ex-avocat était peut-être un voleur, mais il avait une bonne idée. J'aimais vraiment ça au point que Samantha a décidé de changer le scénario de la situation.

«Vous voulez dire que vous m'engageriez? demanda Katia avec espoir.

«J'ai encore beaucoup de frustrations à jouer et tu étais beaucoup plus amusante que Samantha. Alors qu'est-ce que tu en penses? 'Virginia a répondu.

Katia resta pensive pendant un moment, ressentant toujours la douleur au fond de sa chatte.

Puis elle sourit et commença à regarder autour de la pièce.

«Où est passé ce fouet?

«Alors tu vas rester? Demanda Virginia.

«J'ai toujours voulu être thérapeute» répondit Katia en agitant son fouet et en souriant triomphalement.

FIN

SEXE DANS LES TRANSPORTS PUBLICS (INTERRACIAL)

CHAPITRE 1

La ville s'étendait de part et d'autre de la rivière comme une jungle de béton, avec ses gratte-ciel, s'élevant comme des doigts en l'air.

La vue offrait une scène pittoresque à travers les grandes fenêtres de l'appartement de Julieta López.

Pour Julieta, c'était le début d'une autre journée en tant que journaliste mexicaine à succès travaillant pour le journal Local News.

Il se sentait bien dans son objectif dans la vie aujourd'hui.

Elle était pleine de confiance pour ce que le travail exigeait jusqu'à présent et elle se sentait bien dans sa peau parce que ce matin-là, les sentiments de la nuit bourdonnaient encore à travers ses sensations.

La ville avait l'air bien, pensa-t-il en sirotant un café frais.

Puis les mains de Jimmy Clarkson se posèrent sur ses hanches par derrière.

Elle pouvait sentir son souffle sur son cou alors qu'il l'embrassait, séparant ses cheveux noirs d'un côté.

«Je pense que je tombe amoureux de toi, ma brune mexicaine» murmura-t-il doucement.

Elle ferma les yeux, se blottit à nouveau contre lui, sentant sa présence.

«J'aurais aimé que ce soit encore dimanche. Alors je pourrais t'avoir toute la journée» répondit-elle.

"Alors appelez et dites que vous êtes malade. Dites-leur qu'une maladie mystérieuse et paralysante vous a soudainement frappé et que vous devez rester au lit toute la journée."

Julieta gémit sa réponse.

"J'adorerais faire ça."

Elle prit sa main et la posa sur sa poitrine et Jimmy la serra doucement, sentant la raideur de son téton sous la chemise de nuit en dentelle blanche.

"J'ai adoré la façon dont tu m'as baisé la nuit dernière."

"Je ne fais pas ça avec toutes les femmes que je rencontre."

"Hmm ... alors devrais-je me considérer chanceux?"

"Non, je suis le chanceux."

Elle se tourna pour regarder dans ses yeux bruns.

Lentement, ils s'embrassèrent dans un baiser passionné.

"Partage une douche avec moi." Il lui dit, séparant son baiser pendant un moment alors qu'il passait doucement ses doigts fins sur son visage légèrement sombre. "Voyons ce qui peut arriver."

Cette pensée rendit Jimmy encore plus difficile qu'il ne l'était déjà avec le doux parfum de sexe toujours sur son corps.

Les choses qu'il voulait lui faire à nouveau et les choses qu'il n'avait pas eu l'occasion de lui faire lui revinrent à l'esprit.

Elle rompit le baiser une fois de plus, plaçant ses doigts sur ses lèvres.

«Tu m'aimes vraiment, n'est-ce pas? elle a demandé.

"Vouloir n'est pas un mot assez fort pour décrire ce que je ressens en ce moment."

***

La plupart des gens se déplaçaient dans la ville en taxi ou en transports en commun ces jours-ci.

La circulation était très dense et la ville était encore trop pauvre pour fournir des unités de transport adéquates à ses citoyens.

Julieta a eu la chance de pouvoir devenir membre d'une compagnie de taxi.

Les trains et les bus étaient au mieux trop encombrés.

Très souvent, ils ont été le théâtre de certains des crimes sexuels les plus horribles, même en plein jour.

Le taxi l'a déposée devant l'entrée principale du bureau de presse situé dans l'un des trente bâtiments de la rue Main.

Il détestait le trajet en ascenseur jusqu'au quinzième étage, même si les ouvriers et les visiteurs du bâtiment semblaient inoffensifs, il y avait toujours la possibilité d'être violé à l'intérieur, le crime le plus récent et maintenant le plus à la mode de la ville.

"Vous savez quoi. Je blâme les Japonais." Bob Andrews a commenté, lançant l'édition du matin sur son bureau à Julieta. "Son obsession pour les écolières et les abuser d'elles dans les transports en commun à Tokyo. Et pour couronner le tout, ils enregistrent tout."

"Bob, je pense que tout est réglé." Elle a répondu, feuilletant les pages pour trouver l'article auquel sa conversation faisait référence.

"Ecoute ... Je ne pense pas. As-tu déjà vu une de ces vidéos? Le regard de terreur sur les visages de ces filles. Je pense que c'est assez réel."

"D'après ce que vous dites, est-ce que cela se passe ici?"

"J'ai regardé des vidéos sur Internet. Cela devient de plus en plus grand. Comme des films de tabac à priser et des gonzo. Des situations réelles."

«Alors vous pensez que les victimes savent qui sont ces gens?

"Eh bien, il semble que non. Totalement étrange. J'ai même dû mettre Billy Gaylor dans notre ligne de mire."

«Gaylor? Est-il toujours actif? Demanda Julieta avec un sourire sur son visage. "J'avais l'habitude de regarder son émission pour le petit déjeuner, sur la chaîne pour adultes, avant d'aller au lycée tous les matins."

«L'avez-vous déjà rencontré?

"Non. Mais ce n'est pas que je voulais."

"Alors maintenant c'est ta chance. Je veux que tu couvres une histoire impliquant le bon vieux Billy."

Julieta s'est soudainement rendu compte qu'elle était assignée à une tâche qui ne lui plairait pas.

Elle plia soigneusement le journal, le posa sur le bureau, puis se pencha en avant, lui permettant de montrer la moitié de son décolleté à travers le haut ouvert de quelques boutons du chemisier qu'elle portait.

Bob a aimé la vue.

Malgré sa position morale bien définie sur le sexe et le fait d'être le père de trois filles adolescentes, la vue d'une paire de seins bien entretenue a de nouveau attiré son attention, en particulier de la jeune Julieta.

« Tu veux dire que tu m'enverrais à une interview avec Billy Gaylor ? Bob, je ne peux pas te croire.

"Ecoute Julieta, tu es la seule à qui je puisse faire confiance avec cette histoire. Je suis prêt à exposer ces pervers une fois pour toutes. Ma plus jeune fille compte sur le bus pour aller à l'école tous les jours. C'est juste une question de temps avant de quelqu'un qui frappe votre route. "

"Alors qu'est-ce qui vous fait penser que je suis un spécialiste de ces choses ?"

"Tu es assez jeune et sexy pour obtenir ce dont j'ai besoin." Bob répondit, un sourire maléfique grandissant sur ses lèvres. "Allez. Tu peux le faire. Échangez des interviews avec des stars de cinéma et des acteurs ennuyeux pour cela. Vous avez dit que vous vouliez un défi. Maintenant, le voici."

Billy Gaylor a commencé sa carrière en tant que personnalité de la télévision il y a de nombreuses années.

Il était célèbre pour être descendu dans les rues de la ville armé d'un caméscope et encouragé les femmes à se déshabiller pour la caméra et à montrer leurs seins et leur cul.

Mais ses victimes ont accepté et ont donné leur consentement.

Les images ont été diffusées à la télévision publique pour adultes et sont devenues très populaires.

La croissance d'Internet a entraîné des changements et sa popularité a commencé à baisser.

Maintenant, il mène le combat moral contre ceux qui commettent des violations dans les transports publics et montrent ses efforts sur des sites Web non réglementés.

Beaucoup de gens comme Julieta pensaient que c'était une nouvelle approche dans l'industrie du porno.

Billy Gaylor avait fait quelque chose de différent.

CHAPITRE 2

Julieta a été introduite dans le luxe là où Billy vivait dans les zones extérieures de la ville.

Le journal prenait bien soin de ses journalistes, surtout s'ils étaient en mission importante.

La limousine s'est garée devant la maison du millionnaire et l'a laissée là.

"Appelez-nous simplement lorsque vous voulez être pris en charge." Le chauffeur lui a dit.

Il regarda la voiture battre en retraite sur la route et à travers les portes de sécurité à commande électronique et se demanda ce qui l'attendait.

Un homme comme Billy qui a changé de moral du jour au lendemain signifiait simplement qu'il risquait de perdre financièrement.

Il se considérait comme un artiste à part entière, mais qui croyait au profit.

La maison était vaste, conçue dans une conception de villa espagnole mais plus grande.

Julieta décida de prendre la porte arrière et trouva une porte menant à l'arrière-salle et au jardin.

Ses explorations se sont interrompues quand il s'est retrouvé à regarder deux Dobermans courir vers la porte.

Il aimait les chiens, mais pas ceux formés comme gardiens visqueux.

Il ferma rapidement la porte et attendit, entendant inévitablement les mâchoires aboyer et grogner de la sécurité de l'autre côté.

"Bons chiens. Désolé de vous décevoir, mais je n'ai pas envie de déjeuner avec moi aujourd'hui."

Le gardien, un homme grand et trapu, est venu pour tenir les chiens en laisse.

«Devriez-vous être l'invité? Mlle... Lopez?

"Oui. De Local News."

Elle a montré son étiquette d'identité épinglée sur sa veste.

"Je vois que les gardes ici sont mignons, en colère et très enthousiastes."

"Ils font leur travail, mademoiselle. Il y a beaucoup d'intrus ici."

"Eh bien, je suis ravi d'être un invité."

Billy était occupé sur son téléphone au bord de la piscine.

Il y avait un côté exigeant et affirmé dans sa nature.

Il possédait des actions de la chaîne de télévision publique qu'il aidait à gérer, et avec les tendances récentes s'éloignant de son produit, les affaires se durcissaient.

Il était également impétueux et, bien que sa vie ait bien tourné après l'université dans le secteur des médias, il y avait encore des traits de lui de son enfance dans la rue avec des projets dans les quartiers les plus pauvres de la ville.

Il éteignit le téléphone portable, raccrochant à quelqu'un avec qui il ne se sentait pas obligé de continuer sa conversation.

"Putains d'idiots! Je suis entouré d'eux!"

Il regarda Julieta, comme si elle était une jolie femme, et l'examina de la tête aux pieds.

Pour lui, elle avait un sexe sur les jambes en premier lieu, puis une journaliste s'il la regardait.

Julieta sourit et lui tendit la main pour le saluer.

Cependant, Billy ne croyait pas à la relation avec une femme aussi intimement que pour satisfaire ses besoins naturels de base.

Le charme qu'il utilisait pour faire ce qu'il faisait était formé et pratiqué au maximum.

"Alors Bob vous a envoyé? J'attendais un garçon. Dans quelle mesure êtes-vous bon dans votre travail?"

"Je vais bien. Pourquoi demandez-vous ça?" Julieta a demandé "Est-ce parce que vous ne pensez pas que les femmes devraient faire les choses que je fais?"

"D'accord, laissez-moi le dire de cette façon ... si je vous disais de vous déshabiller ici et maintenant, le feriez-vous?"

"Certainement pas." Il resta les bras croisés en défense. «Parce que je devrais?

«Parce que je pense que tu es bon, belle mexicaine.

"Typique. J'aurais dû m'attendre à ça de vous. En fait, j'attendais ça de vous, qu'en pensez-vous?"

Billy se mit à rire à ses dépens.

Quand il n'était pas charmant, il était très offensant, même si c'était par plaisanterie.

"Ecoute, prends une chaise et assieds-toi. Je plaisantais juste avec toi. C'est comme ça que je suis."

Il commanda des boissons fraîches de limonade que Julieta considérait comme accueillantes.

Il faisait chaud à cause du soleil de midi et elle était un peu plus habillée que nécessaire pensant qu'elle serait à l'intérieur avec l'air conditionné.

La piscine devenait attrayante avec le temps.

Billy a expliqué son point de vue sur le viol dans les transports publics et, sans surprise, il semblait faire face à une objection morale.

"Alors, comment pensez-vous que le problème devrait être arrêté?" Elle a demandé. "Plus de policiers, de meilleurs transports publics, des sites Web réglementés? Comment?"

"Toutes ces choses, bien sûr. Elles vont bien."

"Mais ne pensez-vous pas que tout est organisé? Je veux dire que les victimes se plaignent, mais elles ne désignent personne. Personnellement, je pense qu'elles sont payées à l'avance et elles acceptent de le faire."

«Alors tu penses que tout est organisé? Billy a répondu.

"Oui, je le fais. Ils se plaignent parce que c'est de la publicité. Nous voyons la victime aux informations et le lendemain, tout le monde peut payer pour que tout soit vu sur les sites Web."

"Ouais d'accord, je comprends votre point de vue. Mais ces gens ne sont pas payés, croyez-moi. Ils sont violés pratiquement en public avec de nombreux témoins parfois. Ensuite, ils doivent subir l'humiliation de tout cela en heures de rediffusion. . Alors."

"Mais c'est ... beaucoup de témoins. Comme si les gens étaient invités à en faire partie."

"Avez-vous déjà entendu parler des mots peur et intimidation?"

"Ce n'est pas possible." Julieta se mit à rire à l'idée.

"Très bien ... Je vais mettre ma propre sécurité en jeu. Je sais qui est derrière tout ça. Je sais comment ils opèrent tout ça."

"Est-ce que vous suggérez les cercles du crime organisé Billy?"

«Oui, exactement. Mais je pense que vous devez être victime pour comprendre cela.

"Alors, comment puis-je devenir une victime?" Julieta a demandé "Je n'utilise ni bus ni train".

"Alors utilise-les et deviens une victime possible. Bravo. Ecoute, je vais passer un accord avec toi et la police. Fais ça et je te dirai tout ce que je sais."

Julieta pensa que la suggestion était folle.

Mais ensuite, il a pensé que cela avait ses avantages.

Elle pourrait être là quand ça arriverait, bien sûr.

C'était dangereux, mais cela aiderait à y mettre fin d'une manière ou d'une autre.

Après tout, rappelez-vous l'histoire de la découverte d'une équipe entière qui réalisait un film de tabac à priser par un journaliste faisant la même chose il y a quelques années à peine dans une autre ville.

Le risque de perdre la vie était beaucoup plus faible dans ce cas, mais elle devrait être violée dans le processus.

Quelle femme en bonne santé ferait ça?

* * *

Cet après-midi-là, Julieta y réfléchit beaucoup.

Elle craignait que le viol ne lui arrive, à moins qu'elle ne sache à quoi s'attendre, peut-être.

Elle l'a analysé, passant des scénarios dans son esprit.

Le viol était une attaque surprise en premier lieu.

La peur pourrait être un peu atténuée si vous l'attendiez.

Maintenant, il se tourna vers Jimmy Clarkson et peut-être son aide.

CHAPITRE 3

Au fil des jours, elle a convenu avec Bob de créer une exclusivité dans les prochaines semaines.

Il était temps de se préparer à tout.

Après avoir rassemblé son courage, elle a finalement appelé Jimmy Clarkson, de chez elle, un soir.

"Salut, je suis Jimmy qui est ..."

Elle faisait confiance à cette voix et à l'homme à qui elle appartenait.

Le son de lui la fit mourir pour être proche de lui et le sentir à côté d'elle.

Cela faisait longtemps qu'elle n'avait pas eu de relations sexuelles et la dernière fois était avec lui.

"Salut, je suis Julieta ... tu te souviens de moi?"

"Est-ce que je me souviens de toi? C'est oui un euphémisme si j'en ai jamais entendu un. Bien sûr que je me souviens de toi bébé, comment pourrais-je t'oublier. Tu es toujours dans mon esprit, je ne peux pas t'en sortir."

L'entendre dire que ça la faisait se sentir bien était si spécial.

«J'espère que vous ne dites pas cela simplement en disant» répondit-elle.

«Honnêtement, j'attendais que tu m'appelles. J'ai encore besoin de toi. Et je sais que tu as autant besoin de moi que moi. Alors bébé ... quand allons-nous nous rencontrer?

"Eh bien, j'ai besoin de votre aide pour quelque chose."

«Tu sais que je vais t'aider avec n'importe quoi... dis juste ce dont tu as besoin.

Julieta a ri des choses qui lui passaient par la tête.

"Je veux que tu m'aides à venir."

Elle l'entendit rire, mais ce n'était pas vraiment ce qu'elle voulait entendre.

Sa réaction était naturelle de la part de quelqu'un qui pensait vous aimer.

Demander quelque chose qui sortait de l'ordinaire était inhabituel.

"Chérie. Est-ce que je t'ai bien entendu?"

"Ouais. Mais ça n'a pas d'importance. Oublie ce que j'ai dit puisque j'étais stupide. J'étais stupide."

"Non. Ce n'est pas stupide. Écoutez-moi ...."

"Jimmy était juste ..."

"Je comprends ce que vous dites. Vous oubliez ce que je fais dans la vie. Je suis psychologue, souvenez-vous, et si c'est l'un de vos fantasmes, alors peut-être devrions-nous le découvrir."

"C'est en fait plus qu'un fantasme ... Je veux être violée."

Elle se demandait maintenant ce que cela avait dû lui avoir.

Que doit-il penser d'elle?

Il risquait d'expliquer les raisons qui pouvaient mettre en péril tout ce qu'elle préparait, ce qui en soi était encore scandaleux.

"Et si je disais que je serais prêt à faire ça? Julieta as-tu compris ce que je viens de te dire?"

"Oui, je l'ai fait. Voudriez-vous me violer? Mais pourquoi?"

Son esprit était maintenant confus.

Son accord pour faire cela lui paraissait désormais ridicule.

Le viol volontaire de Jimmy est soudainement devenu désagréable à voir.

"Parce que tu m'as demandé ... c'est quelque chose que tu veux ... pas vrai?"

"Oui, bien sûr, je suis désolé Jimmy. J'y ai juste pensé d'une autre manière, c'est tout."

"Le jeu de rôle sexuel est-il ce que vous recherchez? Si oui, je suppose", a-t-il demandé.

"Je ne peux pas expliquer les raisons. Je veux juste savoir à quoi ça ressemble."

«Julieta je comprends.

CHAPITRE 4

Quelque part de l'autre côté de la ville, l'horloge de la station de métro indiquait 11 h 35.

Trois personnes descendaient l'escalator vêtues de trenchs en cuir noir dans une file ordonnée.

Ils étaient dans l'ombre, mais l'un d'entre eux était incontestablement une femme à cause de ses cheveux blonds évasés et fanés.

Ils se sont tenus sur le quai de la gare vide et ont attendu.

Le hurlement d'un train qui approchait pouvait être entendu à l'intérieur du tunnel sombre, de plus en plus fort à son approche.

Tous les trois regardèrent dans la direction du train alors qu'il entrait dans la gare hors de l'obscurité.

Ses roues s'arrêtent et les portes s'ouvrent.

Le train était pratiquement vide de passagers lorsque les trois montèrent à bord.

Les portes se sont fermées et le train a commencé à retourner dans le tunnel sombre.

Le plus grand des trois regarda à travers le compartiment en voyant quatre personnes assises uniformément.

Un ivrogne, endormi dans sa stupeur.

Deux adolescents, tous deux hommes, qui se sont levés de leur siège et se sont dirigés vers la voiture voisine voisine.

Le dernier était une fille dans la vingtaine.

Cindy Parker tressaillit quand les trois la regardèrent directement.

Il savait qu'il y avait quelque chose d'étrange chez eux et peut-être aurait-il dû suivre les deux jeunes hommes partis précipitamment.

Elle essaya de ne pas se rendre compte qu'elle les avait vus la regarder.

Peut-être que c'était juste trois personnes inoffensives qui voulaient être remarquées.

L'un d'eux s'approcha d'elle.

Son cœur se mit à battre la chamade, ses seins se soulevèrent avec la robe décolletée qu'elle portait et elle serra son manteau.

C'était le moment d'y aller.

Sans plus d'hésitation, Cindy sauta sur ses pieds et courut vers le compartiment voisin.

Trop tard.

Il a été remporté par l'un des trois qui l'a attrapée par la taille et lui a couvert la bouche de son autre main libre.

Crier était inutile.

Le gant de cuir noir couvrait étroitement sa bouche et ses doigts resserraient son nez d'une manière qui contrôlait sa respiration.

Plus il se battait, plus il pinçait.

«Nous n'allons pas vous blesser» lui dit-il.

Sa voix était modérée et calme, comme si tout cela était routinier, même clinique.

Les deux autres s'approchaient et le deuxième homme de grande taille se tenait devant elle.

Elle essaya de lui donner un coup de pied, mais sa prise sur ses jambes était si puissante que tout devint inutile.

Il était évident pour Cindy que cela prendrait fin dès que cela aurait commencé.

Il a été victime d'un viol dans les transports publics.

L'homme devant elle lui sourit, son visage n'était pas celui de quelqu'un qui pourrait faire ça, pensa-t-elle.

Elle ouvrit son manteau et déchira sa robe de haut en bas pour qu'elle s'effondre exposant ses sous-vêtements.

Les yeux de Cindy se tournèrent vers le côté et elle vit la fille debout dans l'un des sièges, une mini caméra vidéo dans sa main concentrée sur ce qui se passait.

C'était une chose malade, mais c'était sa décision.

Il avait été averti que cela pouvait arriver et il l'ignora.

Elle a pris une chance.

Ils l'ont placée sur le sol du compartiment et le grand homme a déplacé ses mains sur ses seins fermes avant d'attraper un couteau et de couper le soutien-gorge entre ses seins.

La dentelle de coton se sépara exposant ses tétons.

Ses mamelons n'étaient pas étirés par excitation, mais par peur.

Il déplaça le couteau jusqu'à la ceinture de son collant et le souleva avec son doigt sur sa peau alors qu'il coupait, coupant juste assez pour casser l'élastique et produire une déchirure.

La fille a continué à filmer.

Il s'est constamment concentré sur l'action, puis s'est concentré sur le visage de Cindy.

Des mains touchant ses tétons puis la touffe de poils pubiens foncés.

"C'est vrai, bébé ... J'ai besoin de voir beaucoup de peur dans tes jolis yeux gris." Elle a commandé.

L'homme qui la serra dans ses bras rit et relâcha son visage.

«Bâtards! Hurla Cindy.

Il prit ses jambes par les tibias et les souleva vers lui pour qu'elle se contorsionne, ses chevilles flottant au-dessus de sa tête de chaque côté.

"Vous ne vous en tirerez pas!"

"Désolé, mais je pense que nous le ferons de toute façon."

Le grand homme répondit, ouvrant son pantalon et prenant sa longue bite dure dans sa main.

"Nous savons qui vous êtes. Nous savons tout de vous."

"Qu'est-ce que tu dis, putain," répondit Cindy. "Tu ne sais rien du tout."

Rapidement, l'autre fille a sorti une photo de sa poche et l'a agitée devant le visage de Cindy.

La peur en elle s'intensifia instantanément lorsqu'elle vit l'image du petit Johnny, son neveu.

Elle a crié à haute voix, priant presque que tout se termine lorsque son sexe aurait été pénétré par l'homme, pour ce qui semblait être une éternité.

Mais le viol était terminé en quelques minutes.

Ils avaient fait leur acte entre deux gares et quitté le train à la suivante.

Chaque instant de l'acte capturé pour le plus grand plaisir des voyeurs lorsqu'il a été mis en ligne plus tard dans la journée.

CHAPITRE 5

«Cindy, pourquoi tu ne peux pas nous dire quelque chose? Julieta a demandé en se penchant à côté de la victime alors qu'elle était assise dans un état second après des heures d'entretiens avec la police portant toujours les vêtements qu'ils lui avaient donnés après le viol au siège de la police de la ville. «Ils t'ont vraiment menacé? Cindy, tu peux me faire confiance. Je ne dirai rien.

"Oui tu le feras." Cindy se tourna pour regarder Julieta directement en face. "Vous êtes journaliste."

"Non. Je vous donne ma parole à ce sujet. J'ai juste besoin de savoir pour ma propre enquête. Faites-moi confiance."

"Je pense que vous avez déjà posé suffisamment de questions." Un policier costaud est intervenu.

Julieta sourit et accepta que c'était tout ce qu'elle allait accomplir cette fois.

Il les remercia tous les deux pour leur temps et serra Cindy dans ses bras avant de partir.

"Si vous avez besoin de parler, veuillez me contacter. À tout moment."

***

La matinée allait se révéler être une autre journée très chaude et collante alors que le soleil commençait à se lever haut dans le ciel entre les bâtiments les plus hauts.

Julieta a quitté le quartier général de la police et s'est dirigée vers une rue animée où se trouvait un taxi.

Elle était maintenant déterminée à obtenir le scoop sur ce sujet et sa décision était prise.

Rien ne lui ferait obstacle.

***

"Je veux juste être sûr que nous serons les premiers à résoudre cette histoire." Bob a expliqué avec passion. "C'est ce dont nous avons besoin. Je peux le voir maintenant. Sur la première page ..."

«Bob, tu te rends compte à quel point c'est dangereux pour moi? Julieta l'interrompit.

Elle se tenait contre un classeur dans son bureau, les bras croisés et avait déjà l'air stressée dans son expression.

"Oui, je suis déterminé et oui, je vous livrerai cela dans le délai que je vous ai dit. Mais j'ai besoin de l'aide de la police."

"D'accord, j'essaye toujours. Ils font de leur mieux en ce moment. J'ai expliqué quel était notre plan et je sais que Billy Gaylor a fait de même ..."

"Mais?"

"Mais ils ne pensent pas que nous devrions participer. Pas encore. De plus, vous ne m'avez jamais dit quel était votre plan."

«Billy connaît mon plan. Il m'a presque tout suggéré. Il trouva une boîte ouverte de chocolats dans l'armoire et décida de se servir de l'un d'eux. "Bob ... je croyais que tu suivais un régime"

Il lui rendit son sourire, sachant très bien qu'un régime est quelque chose qui ne pouvait être pensé qu'à réaliser.

CHAPITRE 6

Naquela noite no apartamento de Julieta, Jimmy foi convidado mais uma vez.

Ela preparou o jantar e fez um esforço para torná-lo o mais romântico possível.

Vinho, luz de velas e música suave.

E, sem surpresa, Jimmy estava muito feliz por estar em sua companhia mais uma vez.

Eles tinham negócios pendentes para continuar e agora havia outra coisa para discutir que parecia mais importante para Julieta.

Eles se sentaram à mesa e Jimmy percebeu que ele estava brincando com a comida mais do que comia.

"Isso está incomodando você, não é? Essa coisa sua?" Eu pergunto.

Ela olhou para ele, pegou sua mão e sorriu.

"Acho que posso ver aonde você quer ir ... pelo menos acho que posso. Mais do que uma fantasia." Ela o ouviu, sabendo que não poderia dizer muito a ele. "Eu me preocupo com você."

"Eu sei que você gosta. E ..."

"Não Julieta. Eu penso muito em você. Farei o que você pedir, é claro, mas isso é mais do que apenas uma encenação, mais do que apenas diversão entre você e eu. Por que você precisa que a experiência seja tão real? Por que deveria ser como você diz que deveria ser? É como se você estivesse praticando algo ... não, não ... É como se você estivesse esperando por algo. "

"Você concordou em me ajudar, Jimmy."

Ela correu os dedos pelo rosto dele.

Era como queijo macio em suas mãos.

Não havia nada no mundo que ele não fizesse por ela.

"Ok. Vou surpreendê-lo. Você espera que aconteça, mas quando e onde não saberá. Farei exatamente o que você me pediu para fazer. Mas agora preciso de você de uma maneira diferente."

Seus lábios se encontraram em um beijo apaixonado.

Ela trouxe Jimmy para seu quarto e eles sentaram se abraçando por um doce momento juntos.

Aquele momento logo se tornou mais e mais excitável, enquanto eles sentiam suas emoções correndo soltas por suas sensações.

Ele quase podia prová-la novamente.

Ela podia senti-lo dentro dela, dando-lhe prazer.

Sem dizer uma palavra um ao outro, eles começaram a tirar as roupas.

Tirando a roupa na frente de si, curtindo um ao outro enquanto faziam isso.

Julieta deitou-se na cama enquanto Jimmy se movia sobre ela, segurando-a enquanto eles se olhavam nos olhos.

Eles lambem suavemente os lábios e a boca, transformando-se em beijos apaixonados mais uma vez.

Profundo e significativo.

Ele já estava duro e ela molhada, o desejo um pelo outro parecia ser a única coisa que importava agora.

Negócios inacabados podem continuar da última vez.

Havia tanto que ele queria mostrar a ela e tanto que ela estava disposta a aprender com ele.

Jimmy tenait sa virilité entre deux doigts, permettant à Julieta d'embrasser légèrement le bout, puis l'embrassant après le baiser en caressant ses cheveux.

Elle prit ses couilles d'une main, les pétrissant avec sensibilité, faisant monter son membre plus haut afin qu'il retire ses mains pour qu'elle puisse prendre le contrôle.

Une fois qu'elle l'a eu, elle a commencé à sucer lentement, entendant ses gémissements alors qu'elle continuait à sucer.

"Oui ... je veux que tu ne t'arrêtes pas tant que tu ne m'as pas fait jouir dans ta bouche, Julieta. Comme la dernière fois merveilleuse."

Et qu'il se souvenait encore, et cette fois il saurait attendre un peu plus longtemps pour profiter plus longtemps de sa langue et de ses lèvres sur son membre épais et dur.

De plus en plus rapide maintenant, accommodant sa longueur et sa circonférence, elle le pompait sans cesse, lui donnant l'impression que son orgasme atteignait son apogée.

Le frisson de chaque muscle de son corps lui disait ce qui allait se passer.

Et comme un volcan en éruption, il a commencé à expulser son lait chaud dans sa gorge, déchargeant coup après coup de son sperme chaud et crémeux.

Elle savait déjà que son goût était à la fois sucré et salé.

Au début, elle a pensé que c'était un peu désagréable, mais s'est habituée après plusieurs fois à l'avaler.

Elle dévorait chaque goutte qu'elle jetait dans sa gorge et lécha ce qui restait sur ses lèvres sans en laisser une goutte, mais en en laissant sur sa langue.

Elle le regarda et laissa sa langue rencontrer la sienne pour qu'ils puissent échanger les restes de lait entre eux.

Il aimait souvent se savourer en faisant l'amour et partageait avec elle des baisers parfumés au sperme alors que ses doigts tiraient sur son mamelon, la tourmentant, la rendant encore plus mouillée qu'elle ne l'était déjà.

Maintenant qu'elle était complètement mouillée, Jimmy l'installa maintenant sur le lit et écarta largement ses cuisses, mais dans une position confortable.

Les lèvres de sa chatte brillaient d'humidité quand il les écarta avec ses doigts.

Son odeur emplit ses narines plus douces qu'il ne l'imaginait.

Lentement, il lécha sa langue autour de ses lèvres extérieures, l'entendant haleter et gémir, puis une à une il aspira ses lèvres intérieures dans sa bouche, les savourant.

Pour Jimmy, Julieta était le plus doux qu'il ait jamais goûté.

Il semblait être un connaisseur de nombreuses femmes dans sa vie, et maintenant il en avait trouvé une dont il commençait à tomber amoureux.

Ces douces lèvres roses lui étaient uniques, ni trop grandes, ni trop petites.

Il pensa à la quasi perfection dans la nature de sa fleur féminine.

Ses doigts séparèrent ses lèvres alors qu'il faisait courir sa langue sur son vagin, large et invitant, puis autour de son clitoris encapuchonné, jouant avec elle jusqu'à ce qu'elle hurle de plus en plus.

Il glissa un doigt puis un autre en elle, poussant doucement son point le plus sensible jusqu'à ce qu'elle se donne à lui avec un petit filet de lait chaud et clair.

Julieta voulait que leur relation fonctionne.

Maintenant, elle savait que Jimmy était l'homme pour elle.

Il était gentil et doux, beau et très intelligent.

Ensemble, ils ont fait la symphonie correcte.

Mais elle était préoccupée par lui et l'arrangement qu'ils avaient fait.

***

Elle prit une gorgée de sa tasse de café pour le petit-déjeuner longtemps après son départ le matin.

Julieta aurait la journée pour elle-même et elle ferait ce qu'elle voudrait.

Elle ne se souciait pas non plus qu'il l'attende quelque part, rôdant et attendant de sauter.

Jimmy était agile et pouvait faire tout ce qu'il voulait une fois qu'il avait pris sa décision.

***

Lui, du haut où se trouvait l'immeuble, a regardé le paysage urbain et la rivière qui divisaient la métropole en deux.

Les bras croisés dans une épice de profonde méditation, elle réalisa soudain quelque chose: Julieta voulait s'exposer aux violeurs de personnes qui empruntaient les transports en commun, ça devait être ça.

Et cette pensée le mettait en colère à l'idée que son travail lui permettait de faire cela et mettait sa vie en danger.

Il s'est décidé.

Il allait entrer par effraction pendant qu'elle se douchait, pour exécuter l'accord qu'ils avaient conclu.

Je ne pouvais plus attendre.

Jimmy descendit les escaliers de son appartement.

Une fois sur place, il se tint devant la porte et attendit un moment, reprenant son souffle avant de sonner la cloche à plusieurs reprises.

***

Julieta se tenait devant lui dans sa chemise de nuit

"Jimmy ? Qu'est-ce qui ne va pas avec toi ?"

Il la regarda sans rien dire.

Ses yeux semblent pénétrer directement en elle comme ceux d'un homme sauvage.

Mais ensuite, il réalisa ce qu'il faisait et en vit instantanément le côté drôle.

"Jimmy, c'est trop tôt." elle a ri. «Et tu es censé entrer par effraction... si c'est comme ça que tu as prévu.

L'esprit de Jimmy était sauvage.

Pourquoi ne pas le faire maintenant?

Regardez-la, pensa-t-il.

Elle ne l'acceptait pas.

Les victimes l'acceptent-elles facilement?

Ne pas.

Mais il n'était pas là maintenant pour exécuter son plan, il était là pour lui demander pourquoi elle voulait qu'il le fasse.

Et pour quoi faire.

Son esprit était confus et plein de doutes.

Dieu, elle était si belle.

Pourquoi ne pas la violer?

Prenez-la de force alors qu'elle était vulnérable.

Soudain, il la poussa à l'intérieur et ferma la porte derrière eux.

"Jimmy! Non, attendez une minute."

Il n'y avait plus à attendre ni à en parler.

C'était ce qu'elle demandait et pourquoi ne pouvait-il pas prendre ces libertés comme le plus?

Son esprit était inondé de questions auxquelles il ne pouvait pas répondre seul.

Il la poussa à nouveau, plus fort cette fois jusqu'à ce qu'elle retombe sur le canapé.

D'une secousse, il déchira complètement sa chemise de nuit.

"Jimmy s'il vous plaît ... attendez. Je ne pense pas que ça ..."

Julieta était nue et écartait les bras pour se défendre.

Elle le supplia d'arrêter, mais Jimmy l'attrapa et la retourna pour qu'il ait les cheveux dans sa main.

Chaque fois qu'elle luttait pour se libérer, il se serrait plus douloureusement.

«C'est ce que tu voulais? Vraiment? Vraiment?

Il a hurlé, tirant sa tête en arrière.

"Non, attendez ... s'il vous plaît Jimmy."

Des larmes ont commencé à couler dans ses yeux avec la torture qu'il lui infligeait.

Jimmy passa sa main sur ses fesses, glissant son doigt dans son sexe et sentant l'humidité à son ouverture.

Il a pris sa décision et a glissé sa bite dure en elle.

Elle ne l'avait jamais ressenti de cette façon auparavant, et elle ne pouvait pas non plus imaginer que cela pouvait être si impoli.

«Prends ça salope!

Chaque poussée était livrée avec une violation, alors qu'il répétait ses paroles encore et encore.

Julieta a commencé à renoncer à résister après un certain temps.

Elle avait demandé que cela se produise et c'était en quelque sorte ce qu'il faisait.

Elle voulait ressentir ce que c'était que d'être violée de la manière la plus brutale possible et maintenant elle le savait.

Après l'avoir senti entrer en elle, Jimmy réalisa ce qu'il avait fait.

Une vague de regret l'envahit alors qu'il recula d'un pas et tomba à genoux en pleurant.

Et pour Julieta, c'était encore fini et elle aussi pleurait de soulagement et de culpabilité.

Au bout d'un moment, elle s'assit et le prit dans ses bras pour le réconforter.

"D'accord ... je comprends ... ne te sens pas mal ... ne te sens pas mal ..."

CHAPITRE 7

Jimmy s'assit et prit une gorgée de son verre de cognac, se sentant toujours vraiment mal à l'intérieur.

Julieta était accroupie dans la chaise revivant les sentiments de ce matin.

"Je pensais que ce serait amusant." il a dit. "J'avais tort."

"Il n'y a pas d'amusement dans ce genre de choses. Tu as fait ce que je voulais," lui dit-elle.

"Comment peux-tu te laisser faire ça?"

"C'est quelque chose que je dois faire. C'est le genre de personne que je suis. C'est comme une vengeance pour toutes les femmes qui ont été violées dans cette ville."

Il a expliqué toutes les émotions qui l'ont frappé à la tête ce matin-là.

Comment il est devenu fou d'une rage si furieuse et confuse qu'elle a rendu possible tout ce qu'il avait fait.

"Si quelqu'un voulait t'avoir comme ça, ça devait être moi."

Julieta le regarda et déchiffra d'une manière ou d'une autre ce qu'il avait dit et compris clairement.

Il se battait pour ce qu'il savait être le sien et personne d'autre n'avait le droit de l'avoir.

"Jimmy ... je t'aime"

CHAPITRE 8

Gabrielle s'assit sur le tabouret et rejoua la cassette de la caméra pour elle-même.

Ses jambes s'écarquillèrent alors qu'elle s'assit, permettant à Gary de regarder en bas de sa jupe le spectacle sans culotte devant lui alors qu'il se déplaçait devant elle.

Elle caressa ses cheveux blonds en riant à la rediffusion de la bande puis le regarda.

«C'est tellement bon» lui dit-elle.

"Le meilleur que nous ayons fait jusqu'à présent. Beaucoup de stress émotionnel." Répondit Gary.

"Dommage que nous ne puissions pas aller plus loin. J'adorerais passer au niveau suivant."

"Pas question. Ce n'est pas notre façon de faire. Nous devons respecter la vie."

"Qui a dit? Nous pourrions faire ce que nous voulions."

La grande silhouette de Danny entra dans la pièce.

Il avait entendu la conversation et avait décidé d'entrer pour attraper Gary par sa queue de cheval et tenir un couteau contre sa gorge.

"Allez-y. Enregistrez ceci!"

"Ne pas!" Gary a été instantanément déchiré par la peur.

Gabrielle s'assit et prit les choses tranquillement en souriant à Danny.

"Allez! Regarde si je m'en soucie."

"Gabrielle, bon sang!" Gary a crié.

Danny rapprocha encore la lame de sa peau, la coupant pour qu'elle saigne d'une petite égratignure.

"Oh merde! ... non s'il te plait Danny ... putain, ne fais pas ça!"

"On ne parle plus de meurtre, est-ce clair? Les deux?" Danny cracha sa rage. "On fait ça pour de l'argent et dans ton cas salope ...... pour le plaisir."

***

Gabrielle était cruelle en elle-même.

Elle était très mauvaise dans ses désirs les plus profonds.

Elle avait une beauté sinistre avec laquelle elle pouvait attirer les hommes et les femmes dans ses griffes, et le résultat final ne serait rien de moins que la douleur et la souffrance pour ses victimes.

Gary était une mauviette.

Si les choses devenaient trop chaudes, c'était un lâche naturel.

Sans Danny et Gabrielle, il serait inutile pour la cause dans laquelle ils étaient impliqués.

Danny était cependant un leader.

Il n'était motivé que par l'argent, alors il ferait n'importe quoi.

Et il était fidèle à ceux qui le payaient généreusement.

Il remit le couteau dans sa botte et jeta Gary au sol.

«Rappelez-vous qui dirige cette entreprise. Ne la gâchez pas.

Gabrielle fixa son chef avec ses yeux bleu clair perçants, un sourire toujours sur ses lèvres, tandis que Gary était allongé sur le sol, tenant sa gorge à deux mains pour arrêter le saignement qui n'était que superficiel.

"Alors, quand saurons-nous combien tout cela vaut?" elle a demandé.

"Bientôt. Je vous ai déjà parlé de l'accord que nous avons. Vous devez me faire confiance, même si je sais que vous ne le faites pas."

"Ça prend trop de temps." Elle a répondu. "J'ai besoin de l'attrait de la récompense."

"Vous serez récompensé à juste titre mon joli ange." Dit Danny en souriant.

"Je saigne! Je vais mourir! Quelqu'un m'aide ici!" Gary hurla d'apitoiement sur lui-même.

CHAPITRE 9

Billy Gaylor avait un visiteur chez lui.

L'inspecteur James Stevens se tenait à côté des deux autres policiers en civil qui étaient venus dans l'entreprise.

Stevens devenait maintenant un invité presque familier avec ses visites régulières à Gaylor.

Tous les trois étaient dans la piscine de Stevens près de leur hôte, allongé en train de bronzer sur une chaise longue.

Stevens lui parla presque à voix basse.

"Vous avez l'intention d'arrêter ça, n'est-ce pas?" je lui demande.

"Je ne sais pas de quoi tu parles."

«Je pense que oui. J'ai entendu des chuchotements. Cela pourrait vous mettre les choses mal à l'aise. Vous ne pouvez pas vous en tirer avec ce jeu stupide. Vous connaissez la situation.

"Stevens, j'en ai assez. Vous n'allez pas tirer plus de moi."

Il s'assit et presque nez à nez parla à Stevens.

«Après que je t'ai payé cinquante mille dollars, tu as promis que ces viols cesseraient. Je ne peux plus te faire confiance.

"Nous essayons. Vous savez comment c'est. C'est une ville animée. Encore cinquante et peut-être que nous pourrions essayer plus fort."

"Va te faire foutre Stevens! Je connais ton jeu."

"Tu n'as aucune preuve. Comme je l'ai dit, je peux le retourner contre toi quand je veux." Stevens sourit. «Allez Billy, avouons-le, vous avez terminé.

"Merde! Je ne vais pas tomber aussi facilement."

Les deux compagnons de Stevens ne pouvaient entendre que de faibles chuchotements, mais ils étaient profondément impliqués dans les plans de Stevens.

Il les a appelés.

«D'accord, montrez à notre ami M. Gaylor ce que nous pouvons faire.

Ils prirent tous les deux Gaylor, un sur chaque bras, et le soulevèrent de la chaise longue à ses pieds.

Il essaya de se libérer, mais fut instantanément jeté la tête la première dans la piscine.

"Putain, tu ne t'en tireras pas!" Gaylor est venu à la surface en leur criant dessus.

Stevens a pointé un pistolet à la main sur le garde du corps personnel de Gaylor qui fuyait la maison pour aider son employeur, l'arrêtant sur son chemin.

Tous les trois rirent, se sentant clairement fiers et satisfaits de ce qu'ils avaient fait au millionnaire pour eux-mêmes.

«Cinquante mille cette fois demain, Billy. N'oubliez pas nos arrangements.

CHAPITRE 10

Julieta a fouillé toute la journée les banlieues densément peuplées de l'ouest jusqu'à ce qu'elle trouve qui elle cherchait.

La maison de Cindy Parker était au milieu d'un développement délabré.

Il était difficile d'imaginer l'ampleur de la pauvreté qui existait parmi les chômeurs jusqu'à ce qu'elle vous frappe au visage.

Véhicules incendiés abandonnés volés par des agresseurs et des voleurs de voitures qui ont vu une opportunité de récupérer de l'argent et des déchets non ramassés dans des terrains vides entre les maisons préfabriquées.

La prostitution était un moyen d'existence pour certaines des jeunes femmes et n'était pas contrôlée par les autorités.

Il a été surpris d'apprendre le grand nombre d'adolescents d'âge scolaire qui espéraient créer une entreprise dans la rue.

Cindy n'était cependant pas ce genre de fille.

Il a vécu avec sa mère et pendant la journée, il a étudié au collège communautaire pour poursuivre ses études.

***

Quand Julieta la rattrapa sur l'avenue, Cindy fit de son mieux pour l'éviter, mais Julieta était persuasive.

«Cindy, j'ai besoin de te parler.

"Ecoute, je suis trop occupé pour ça. Tout est fini maintenant."

Cindy a essayé de s'éloigner d'elle, courant vers sa maison.

Julieta la suivit sur le porche et, agissant avec respect, Cindy ne put la repousser.

"Ok, tu ferais mieux d'entrer."

Une fois à l'intérieur, Julieta a réalisé à quel point certaines de ces personnes ont eu du mal à construire un havre de paix à partir de ce qui se passait autour d'elles.

Julieta connaissait le style des maisons, ayant été élevée dans un quartier similaire de la ville, mais pas aussi pauvre que celle dans laquelle elle était.

Il était difficile de s'attendre à ce que Cindy révèle pourquoi elle ne voulait pas identifier ses violeurs.

Julieta a ensuite expliqué son plan pour les capturer elle-même.

"Tu es folle ?" Demanda Cindy.

"Peut-être que je le suis. Mais nous devons les arrêter."

Cindy a pris une photo de son neveu jouant dans la rue.

La même photographie que les violeurs lui ont donnée la nuit où il est devenu leur victime.

"Ils te feront du mal si je dis quelque chose."

Il a continué à contempler la photo et s'est souvenu de tout ce qui s'était passé.

« Tu veux dire qu'ils savaient qui tu étais ?

"Ils doivent avoir su."

À ce moment-là, Julieta a découvert que les viols dans les transports publics n'étaient pas aléatoires mais planifiés.

Billy Gaylor avait raison après tout, ces crimes sexuels continuaient à se produire parce qu'il y avait des éléments de peur impliqués.

"Donc à moins qu'ils ne te choisissent, tu ne seras pas une victime ?"

Cela les empêcherait maintenant de se choisir.

Mais Gaylor a dit qu'il voulait qu'elle le fasse de cette façon.

Gaylor doit avoir arrangé quelque chose la impliquant pour devenir une victime.

Elle a remercié Cindy pour son aide et a rapidement appelé un taxi pour l'emmener rendre visite immédiatement à Billy Gaylor.

***

"Je sais que vous m'avez mis sous les projecteurs des violeurs." Julieta claqua.

Gaylor a allumé son cigare cubain et a retiré l'allumette en la jetant dans un cendrier avec une compétence experte.

"Et j'imagine que quelqu'un me regarde en ce moment, jour et nuit."

"Et que ?"

"D'après ce que j'ai compris, vous pourriez arrêter ça sans que je m'implique. Pourquoi ne le faites-vous pas ?"

"Vas-y doucement. C'est compliqué." Répondit Gaylor.

"Je veux une explication Billy"

"D'une manière ou d'une autre, vous le méritez. Dès le début, j'ai dit à Bob que c'était une idée folle."

"Bob ?"

"Tu es de loin trop intelligente Julieta. Il doit penser que tu es une sorte de journaliste blonde idiote. Bien sûr, il savait qu'il y aurait une possibilité que tu découvres certaines choses. Je pense que Bob était très désespéré au moment où il y pensait. Il essayait. n'importe quoi pour sauver votre précieux journal. Une histoire comme celle-ci pourrait être exactement ce dont vous avez besoin pour gagner la confiance de vos soutiens et actionnaires. "

Julieta ne pouvait pas croire ce qu'il lui avait dit.

Il se laissa tomber sur une chaise et répéta les mots encore et encore dans son esprit.

Bob avait tout planifié, mais dans quelle mesure était-il impliqué dans tout cela ?

"Est-ce que tout cela est un RPG pour sauver un journal ?" elle a demandé.

"Pas tout. Comme je l'ai dit, c'est compliqué. Maintenant, cette partie au moins ne va pas du tout continuer. Je ne pense pas que quelqu'un d'aussi intelligent que toi continuera à en parler."

"Que veux-tu dire ?"

«Tu pourrais tout gâcher pour moi et Bob. Alors, je pense qu'il est temps pour mon plan d'urgence. Désolé Julieta.

Rapidement, une main émergea de derrière la chaise et ferma la bouche.

Un fort arôme d'éther emplit son système respiratoire.

Il commença à se débattre, regardant le triste sourire de Billy Gaylor avant que sa vision ne se trouble de plus en plus alors que l'éther faisait effet et devenait de plus en plus faible.

Un sommeil profond envahit bientôt son corps et son esprit.

CHAPITRE 11

Elle ouvrit les yeux et vit des fissures dans le plafond juste au-dessus d'elle.

Elle avait mal aux poignets et aux chevilles et s'est rendu compte qu'elle était couchée sur le dos, attachée par ses membres à un matelas moelleux sous elle.

Sa vue s'éclaircit et il remarqua qu'il y avait encore une puanteur d'éther autour de son nez et de ses lèvres.

Sa langue était sèche et enflée.

Il regarda autour de lui où il était.

Une pièce vide sans fenêtre avec une seule ampoule dans une lampe en laiton dans le coin près de la porte fermée.

Julieta essaya de parler, mais sa gorge était également sèche.

Elle tira contre les liens en coton doux autour de ses poignets, mais ils étaient serrés et ne permettaient aucun mouvement.

Elle baissa les yeux sur elle-même et réalisa qu'elle était nue, au moins seins nus, alors qu'il sentait la présence de sa culotte autour de sa taille et de son entrejambe.

La peur saisit sa curiosité instantanément.

Il voulait crier et crier, mais il était conscient de sa situation dangereuse.

Cela ne ferait qu'empirer les choses pour elle s'il le faisait.

Elle se dit de rester calme et réalisa qu'elle avait besoin de quelque chose à boire et, pire que tout, qu'elle avait besoin d'uriner.

La porte s'ouvrit et une inconnue entra dans la pièce.

Gabrielle était au moins inconnue de Julieta, car ils ne s'étaient jamais rencontrés de leur vie.

"Où suis-je?"

Gabrielle s'appuya contre le bord du lit de cuivre et sourit à son invité captif.

"En bonne compagnie, belle mexicaine. Je ne connais même pas ton nom, mais ils me disent que tu es important. Je dois prendre soin de toi."

"Ok, dans ce cas tu peux me détacher?" Julieta a demandé

"Non. Si je faisais ça, tu pourrais t'échapper."

"Alors, je peux au moins boire un verre d'eau?"

Gabrielle se déplaça à côté de sa captive et lui caressa les cheveux d'une main mince aux longs ongles peints en argent.

Julieta remarqua que Gabrielle était étrangement habillée.

Elle portait une robe moulante en cuir noir qui tenait ses seins serrés, ses cheveux blonds gonflant et en cascade sur ses épaules, et elle était maquillée de fard à paupières argenté et de rouge à lèvres.

La façon dont Gabrielle toucha ses cheveux et passa un doigt doux sur son visage avait un soupçon d'affection cruelle.

Il savait que quelle que soit cette fille, elle ne serait pas facile à gérer.

"De l'eau? Je n'ai pas d'eau. Qu'allons-nous faire?"

"J'ai besoin de quelque chose à boire, tu peux sûrement le comprendre." Julieta a avoué. «Pouvez-vous m'apporter quelque chose à boire?

Il y avait une note d'affirmation dans sa voix.

Gabrielle regarda la pièce puis regarda Julieta.

"Laisse-moi réfléchir un peu ..."

"A quoi faut-il penser? J'ai besoin de boire."

Maintenant, elle a également réalisé que Gabrielle était soit stupide, soit agissante.

Plus agissante que toute autre chose, car elle était manifestement déterminée à être carrément cruelle.

"Vas-tu me faire attendre alors?"

"Oui."

«Savez-vous pourquoi je suis ici?

"Oui. Vous avez été très méchant et vous devez être puni."

"Qui vous a dit ça? Quel est votre nom?"

Gabrielle toucha lentement le mamelon de Julieta et le regarda réagir.

Elle sourit de ce sourire méchant qu'elle arborait, passant son ongle acéré autour du halo avec hésitation.

"Oh regarde. Est-ce que je t'excite?"

"En aucune façon." Répondit Julieta.

C'est la peur qui a produit la réaction plutôt que l'implication érotique.

"Pouvons-nous parler de ma soif? Et vous ne m'avez pas encore dit votre nom."

"Vous rasez-vous ou coupez-vous? Laissez-moi jeter un œil."

Gabrielle passa son doigt sur le nombril de Julieta.

Elle déglutit durement, sa gorge la démangeait avec la sécheresse laissée par l'éther, puis elle sentit Gabrielle baisser sa culotte.

"Oh ouais c'est sympa. Je vois que tu te tasses la chatte. Tellement propre et nette."

"Je fais de mon mieux."

Julieta sentit une piqûre entre ses lèvres vaginales externes alors que Gabrielle la poussait brutalement.

"Ça fait mal."

"Oh désolé. Je vérifiais si tu étais mouillé."

"Et si oui?"

"Hmmm ... peut-être que nous pourrions jouer."

«Peut-être que nous pourrions. Mais d'abord, j'ai besoin de cette boisson.

Pensa Gabrielle, passant lentement le dos de ses doigts sur le nombril de Julieta une fois de plus.

Puis il s'arrêta et courut vers la porte, laissant Julieta seule dans la pièce.

Elle poussa un soupir de soulagement à ce moment en espérant qu'un verre arriverait très bientôt.

Mais il n'a rien fait pour soulager la sensation d'oppression dans sa vessie qui devenait de plus en plus douloureuse.

CHAPITRE 12

Gaylor est sorti de sa limousine sur un sol jonché de déchets et s'est dirigé vers la voiture garée en face.

Il posa la mallette sur le capot et attendit, regardant Stevens à travers le pare-brise.

"Allez-vous sortir et récupérer cet argent ou quoi?"

Stevens, après une pause de quelques secondes, sortit de sa voiture, et Gaylor tourna la mallette vers lui sans la toucher.

"Qu'est-ce qui ne va pas? Vous n'en voulez pas? Ou peut-être pensez-vous que je triche? Regardez autour de vous!"

«Je n'ai pas confiance et je ne te ferai jamais confiance, Billy.

«Voulez-vous le dire?

"Ne pas."

"Je pensais que tu avais dit que tu ne me fais pas confiance, espèce de connard!"

Stevens a saisi la mallette et l'a jetée dans la voiture devant lui.

«Tu as enfreint les règles, Billy. Tu n'aurais pas dû contacter Danny.

"Eh bien, disons simplement qu'il avait une affaire supplémentaire à mettre dans son petit jeu." Répondit Gaylor en souriant. "Et cette affaire vaut mieux que votre affaire. Et les cinquante mille derniers dollars vous rapportent bien."

«Ne t'inquiète pas Billy, un jour je t'aurai.

Stevens démarra le moteur et fit tourner la marche arrière de Gaylor, qui sourit au revoir en envoyant des gestes obscènes avec ses doigts.

Billy Gaylor avait offert à Danny une meilleure affaire que le Stevens original.

Et la loyauté de Danny avait changé maintenant, laissant le détective au milieu d'un malheureux dilemme.

Mais Danny n'a pas réalisé comment sa propre situation s'est avérée.

Stevens essaierait maintenant de trouver un moyen d'arrêter les viols et de les arrêter tous sans révéler sa propre implication dans les événements.

Cela n'allait pas être facile, mais il était déterminé à le faire, car tout le monde pouvait dire maintenant qu'il était peut-être celui qui serait instantanément éliminé du plan.

***

Gaylor s'est assis dans sa limousine et a ordonné à son chauffeur de le reconduire chez lui.

Il composa un numéro sur son téléphone portable et attendit qu'on y réponde.

"Oh Danny, comment vas-tu? ... tu prends soin de mon petit ami ?"

CHAPITRE 13

Julieta regarda Gabrielle desserrer son poignet puis lui permettre de prendre une gorgée d'eau du verre, maladroitement.

Gabrielle sourit et caressa de manière ludique les cheveux de Julieta, s'attendant à ce qu'elle joue à ses jeux en retour de faveurs.

Mais Julieta avait d'autres idées.

"Merci. Alors puis-je savoir qui vous êtes et où je suis?" Demanda Julieta en regardant autour de la pièce vide. « Tu sais que ça aiderait si je pouvais m'asseoir. Si tu détachais mon autre poignet.

"Je ne peux pas faire ça". Répondit Gabrielle.

"Pourquoi pas?"

"Vous pourriez vous échapper."

"Ok. Je te promets que je ne le ferai pas, et en plus, je pourrais peut-être mieux gérer ce que tu as en tête."

Cela rendit Gabrielle excitée et Julieta réalisa qu'elle n'était pas la personne la plus intelligente du monde en matière d'intellect.

"Tu le promets?" Demanda Gabrielle.

Julieta répondit avec un sourire et en secouant la tête.

"Tu veux vraiment jouer?"

Gabrielle tendit la main et commença à détacher son autre poignet, soulevant sa jambe du sol en le faisant, rendant accessible la dague dans ses bottes hautes.

Julieta lui tendit rapidement la main libre, jetant le verre d'eau sur son visage pour la faire sortir de la piste.

Les deux mains libres, elle agrippa fermement les cheveux de Gabrielle et tint la dague sur son visage.

"Ne pense même pas à bouger salope!"

Gabrielle a fait ce qu'on lui a dit.

Elle n'avait même pas imaginé que Julieta pourrait faire un tel mouvement sur elle.

"Je veux que tu fasses tout ce que je te dis ..."

À ce moment-là, Julieta lui a ordonné de tendre la main et de délier lentement ses chevilles une à la fois alors qu'elle tenait fermement ses cheveux, tirant de temps en temps pour lui montrer qui était en charge.

Julieta s'agenouilla et attira Gabrielle vers elle, tenant maintenant le poignard contre sa gorge et tirant sur ses cheveux.

"Ok, maintenant nous allons quitter cette pièce. Qui est de l'autre côté de cette porte?"

"Gary est à côté."

"Quelqu'un d'autre?"

"Non, juste moi et Gary."

Et à ce moment, la porte s'ouvrit en claquant.

Danny se tenait dans le cadre et pointait une arme sur les deux femmes.

"Salope mexicaine, laisse tomber le poignard ... MAINTENANT!"

Julieta avait été surprise, non seulement par le coup soudain à l'ouverture de la porte, mais aussi en voyant un pistolet pointé sur elle.

Sa vessie a été libérée à ce moment-là, incapable de tenir plus longtemps.

CHAPITRE 14

Jimmy a essayé sans cesse d'appeler Julieta sur son téléphone.

Le numéro de contact que j'avais était indisponible ou sans réponse.

Il était tard et le moment où ils avaient accepté de se rencontrer était passé depuis longtemps.

Il a commencé à s'inquiéter.

Il a renversé sa voiture hors du chemin du théâtre et a dévalé la rue principale, se faufilant dans le reste de la circulation nocturne, sur le point de provoquer plusieurs collisions pendant qu'il conduisait.

Il est entré par effraction dans le bureau de Bob Andrews.

Bob travaillait tard pour sortir un numéro avec une excellente couverture.

"Que diable! ... qui êtes-vous? Qui vous a laissé entrer?"

Jimmy s'appuya contre le bureau et, attrapant presque Bob avec sa salive, cracha ses mots:

«Julieta! Où est-elle?

"Comment diable suis-je censé savoir, je ne suis pas son tuteur." Bob a répondu.

«Vous lui avez confié cette tâche. Alors, où est-elle?

"Dites-moi qui vous êtes en premier et je pourrais envisager de vous parler."

Jimmy s'installa et s'assit nerveusement avec sa tête dans ses mains.

"Je suis désolé. Je me soucie d'elle. Elle a disparu."

"Travailler probablement dans un endroit calme et isolé. Elle le fait parfois de cette façon."

"Ne pas." Répondit Jimmy. "Non, je pense qu'elle a un problème."

«Je ne m'inquiéterais pas. Julieta se présentera quand elle sera prête. Alors qui diable êtes-vous?

Il a expliqué à Bob qui il était.

Bob n'avait pas réalisé que Julieta avait des amis, encore moins un amant.

C'était une femme très privée qui ne connaissait que les gens d'affaires.

Et d'après ce que Gaylor lui avait dit il y a à peine une heure, Julieta a dû faire face à une circonstance tragique pour la sortir de son chemin.

«Je pensais que vous saviez peut-être où elle était. Je suis désolé de vous avoir dérangé. Jimmy se leva et se dirigea vers la porte du bureau.

"Non, attendez. Asseyez-vous." Bob a demandé.

Maintenant, il s'inquiétait de tout ce que Julieta aurait pu lui dire.

Soudain, Jimmy était un risque pour tout le plan que Gaylor avait présenté.

«Peut-être que je peux vous aider. Nous faisons des choses en secret très parfois pour protéger les choses et les gens. Julieta a été envoyée sur une tâche très urgente.

"Où?"

«Je ne peux pas dire, mais je vous assure que cela n'a rien à voir avec ce qu'elle vous a dit.

Jimmy s'est rendu compte que Bob était devenu très nerveux et inquiet dès qu'il avait expliqué qui il était.

"Et que pensez-vous qu'elle m'aurait dit?" Je demande.

"La tâche avec laquelle elle était censée être occupée."

"Les violations dans les transports publics?"

"Oui, c'est le point."

«M. Andrews, pouvez-vous me dire quelque chose à propos de cette mission?

Bob a commencé à trembler.

"Pas grand-chose vraiment. Qu'est-ce que tu veux savoir en particulier?"

«Était-elle prête à attraper les violeurs? Demanda Jimmy en s'installant sur son siège.

"Je ne peux pas dire. La confidentialité et tout ça, tu comprends, non?"

«Non, je ne comprends pas. L'avez-vous conditionnée à faire comme elle l'avait prévu?

"Ecoute, elle le voulait comme ça."

«Tu ne penses pas que c'était un peu irresponsable de ta part?

Jimmy savait comment faire pression sur les gens lorsque cela était nécessaire.

Et il a trouvé Bob Andrews montrant des signes psychologiques clairs qu'il cachait quelque chose d'important.

«M. Andrews, je ne pense pas qu'elle soit en mission urgente. Vous savez où elle est, non?

Bob savait maintenant que Jimmy était une menace.

Son plan n'était pas aussi simple qu'il y paraissait.

La disposition de Julieta était apparemment facile.

C'était une femme qui vivait seule et qui avait très peu de vie privée en dehors de son travail.

Bob allait être l'employeur attentionné et attentionné qui s'occuperait des choses.

Jimmy est devenu de plus en plus en colère alors qu'il était assis à regarder les réactions anxieuses de Bob.

Jimmy se pencha rapidement sur le bureau, saisissant la chemise de Bob à deux mains.

Son poids n'était pas un problème pour lui, il concentra donc toute son énergie sur l'extraction physique des informations qu'il souhaitait.

La nature douce de Bob a permis à Jimmy de l'intimider facilement.

"Où est-elle!?"

CHAPITRE 15

Julieta sentit la douleur rongeante dans ses bras alors qu'elle était suspendue à la corde.

Les deux poignets attachés ensemble au-dessus de sa tête, pendants, ses pieds à seulement quelques centimètres du sol sous elle.

Danny posa son doigt sur son omoplate et la fit se balancer, ce qui augmenta encore plus la douleur.

Gabrielle était assise sur une chaise regardant de l'autre côté de la pièce en souriant.

"En essayant de vous échapper, vous avez rendu les choses plus difficiles pour vous." Murmura Danny à l'oreille de Julieta.

Des larmes coulaient sur son visage alors qu'elle essayait de combattre la douleur et la peur en elle.

Il contourna son corps nu torturé puis recula d'un pas.

"Mmmm ... quel beau corps latin tu as. Sombre et très sexy. Et je vois que tu prends soin de toi. J'aime ça, non, Gabrielle?"

"Oui." Gabrielle s'avança et se tint à côté de son chef. "Elle est très sexy."

"Je pense que notre ami ici aurait dû être un modèle, pas un journaliste."

"Je pense que tu as raison." Répondit Gabrielle.

"Maintenant, elle se rend compte qu'elle avait la disposition malheureuse d'être bénie avec une intelligence qui a changé le cours de sa vie. L'intelligence chez une femme peut être un handicap. Cela lui cause toutes sortes de problèmes."

"Oh ... j'ai de l'intelligence aussi." Gabrielle claqua.

Il la regarda et rit.

"Oui. Mais très peu."

"Vous devez me libérer." Julieta a plaidé, sa voix faible de douleur.

"C'était quoi ça?"

Danny se pencha plus près, ses mains errant sur la peau trempée de sueur de ses seins.

"Avez-vous dit quelque chose?"

Ses yeux étaient partiellement fermés, mais elle regarda directement son visage avant de cracher dessus.

Danny essuya son nez là où la salive l'avait frappé.

«Ce n'était pas très gentil, Julieta. Comme je te l'ai dit, tu ne feras qu'empirer les choses pour toi.

Gabrielle fit plier la récolte qu'elle tenait dans sa main.

«Laisse-moi la punir.

Danny attrapa rapidement la cravache et la souleva.

"Non! Mettez-la à terre"

CHAPITRE 16

Le gardien de sécurité a sauté sur Jimmy par derrière et l'a envoyé voler au sol du bureau, traînant Bob avec lui.

Jimmy a été rattrapé par le garde costaud et retenu avec les deux mains derrière le dos.

Les menottes se sont mises en place.

Bob se leva et se rassit sur la chaise alors que le garde était assis au-dessus de Jimmy, toujours en train de donner des coups de pied et de lutter pour se libérer.

"Ok patron, la police est en route." Le garde a rapporté. "Qui est ce gars de toute façon."

Bob a sorti son mouchoir et s'est essuyé le front.

"Quelqu'un qui a réussi le contrôle de sécurité. Où diable étais-tu ... en train de dormir ?"

"Non. J'étais en patrouille."

"Alors comment diable est-il entré ici ?"

CHAPITRE 17

Danny tenait Julieta et accrocha son corps torturé par-dessus son épaule alors que Gabrielle relâchait ses poignets.

Puis il la porta sur un matelas par terre, la baissant doucement.

Julieta était faible à cause de la douleur de s'accrocher à ses bras pendant ce qui lui avait semblé une éternité, mais ce n'était que quelques heures.

"Vous ne vous en tirerez jamais, qui que vous soyez." elle a murmuré

Danny se tourna vers Gabrielle et lui fit signe de s'éloigner.

Elle retourna une expression irritée et se rassit à contrecœur sur sa chaise.

Il se tint au-dessus de Julieta et la regarda.

"Vous n'êtes pas dans une position très favorable pour menacer qui que ce soit."

Il s'agenouilla à côté d'elle et essuya les cheveux humides de son visage.

"Je n'aime pas les menaces".

Elle leva les yeux vers lui, entendant sa voix douce mais agressive.

"Je n'aime pas être craché, frappé ou frappé. Vous voyez que j'aime avoir le contrôle."

Sa main passa sur ses lèvres puis sur son visage.

«Tu es si belle, Julieta, et c'est dommage que tu sois dans la situation dans laquelle tu te trouves.

Il fit une pause et leva les yeux vers la lumière vacillante qui pendait du plafond.

"Je vais te tuer." Il se leva et la regarda. "Tu vois, je suis ton ennemi."

Julieta se mit à pleurer et à trembler.

Elle était impuissante.

Danny sortit le pistolet de la ceinture de son pantalon et le vérifia.

Il lui sourit puis le pointa à travers la pièce vers l'endroit où Gabrielle était assise.

"Adieu"

Le premier coup de feu explosa dans l'estomac de Gabrielle, la faisant chanceler en arrière sur la chaise.

Le second la frappa entre les yeux, envoyant une gerbe de cervelle contre le mur.

Le troisième coup visait son cœur alors que son corps tombait au sol.

Julieta a commencé à crier hystériquement.

Gary a couru dans la pièce, jetant la porte en grand avec un bandage taché de sang autour de son cou.

Elle s'arrêta et vit le corps mutilé de Gabrielle sur le sol puis regarda Danny.

"Qu'est-ce que tu fais?" Danny a souri et a tiré un quatrième coup cette fois visant Gary, qui l'a frappé violemment à la poitrine et a envoyé son corps par la porte ouverte.

Il s'agenouilla à côté de Julieta, posant sa main contre sa bouche.

"Shhhhhh ... Ce n'est pas encore ton tour. Je te promets quelque chose de bien plus excitant."

CHAPITRE 18

Jimmy était assis seul dans une cellule.

Il était encore en train de se calmer de son attaque maniaque contre Bob Andrews pour essayer de se réconcilier avec son arrestation.

La porte de la cellule s'ouvrit et Stevens entra.

Les deux hommes se regardèrent avant que Stevens ne se présente.

«N'êtes-vous pas le policier responsable de ces violations des transports publics? Demanda Jimmy.

"Oui. Je suis désolé que vous ayez été maltraité. Andrews méritait probablement d'être battu."

«Je ne l'ai pas frappé. J'ai menacé de l'étrangler s'il ne me disait pas quelque chose que j'avais besoin de savoir.

Stevens rit et offrit une cigarette à Jimmy.

Celui-ci a refusé.

"Qu'as-tu besoin de savoir?"

"Ça ne fait rien".

Stevens s'appuya contre le mur de briques de la cellule et alluma une cigarette.

"Je pense que c'est important. Cela a quelque chose à voir avec une personne disparue qui n'a pas encore été signalée."

"Qu'est-ce que vous vous souciez?"

"Je me soucie beaucoup. Votre petite amie est en danger en ce moment même où nous parlons."

«Alors pourquoi tu ne fais pas quelque chose? Demanda Jimmy.

"Nous devons travailler ensemble. Toi et moi."

«Ce que vous dites, c'est que vous ne savez pas où c'est?

"Je sais exactement où elle est."

"Quoi? Alors fais quelque chose!" Jimmy se leva et regarda Stevens. "Qu'est-ce qui se passe ici?"

"Écoute moi..."

"Non ... Sors et fais quelque chose maintenant! Tu es un flic.

«J'ai besoin que ce soit entre toi et moi, personne d'autre. Dit Stevens.

"Que veux-tu dire?"

«Écoutez, les gens qui ont votre petite amie en ce moment sont très fous. Ils sont capables de meurtre de sang-froid et d'après ce que nous savons, il est peut-être trop tard. Alors nous avons un accord ici?

Jimmy y réfléchit, bien que toujours confus, il comprit quelque chose.

Julieta devait être sauvée de qui elle était et de celui qui la retenait captive.

La ville était grande et il y avait de nombreux endroits où Julieta pouvait être retenue captive.

La chercher par un homme ne prendrait qu'une éternité s'il ne tombait pas sur elle au hasard.

Stevens était la clé.

C'était un policier avec une vengeance en tête et un plan pour sauver sa propre réputation, bien que Julieta ne signifiait vraiment rien pour lui, encore moins Jimmy Clarkson.

CHAPITRE 19

Le moulin abandonné au bord de la rivière était l'un des nombreux.

Comme des centaines de bâtiments en ruine, il attendait sa démolition et sa place dans l'urbaniste pour exercer sa régénération.

Mais, comme beaucoup de projets dans la ville, c'était encore un rêve et pour les citoyens c'était une autre fausse promesse.

Pour Danny, c'était sa cachette et son refuge contre les autorités.

Un refuge avec ses nombreuses salles ouvertes et ateliers et maintenant son dépôt pour la mort.

Pour Julieta, c'était son enfer personnel, alors que Danny l'emmenait dans l'un des ateliers, bâillonnée et de nouveau liée par ses poignets douloureux.

Il tira sur ses cheveux, qui n'étaient plus cette brillance habituellement localisée, mais ébouriffés et emmêlés.

Il l'a forcée à s'agenouiller sur un autre matelas sale sous la menace d'une arme et a exigé qu'elle reste immobile.

Ses yeux ne parlaient que silencieusement, avec peur et peur.

Il s'assit à côté d'elle, tenant l'arme sur son front.

"Tu sais, c'est facile de te tuer en ce moment. Tout ce que j'ai à faire est de tirer ce levier et ... pow ... c'est fini." Il retira l'arme et sourit. "Tu te rends compte que tu es l'un de mes captifs préférés jusqu'à présent? Magnifique." Son doigt glissa sur ses seins juvéniles pendantes, touchant un mamelon de manière ludique. "Dommage. Vous devez être éliminé."

Elle voulait parler et le supplier, mais le bâillon était trop serré et tout ce qu'elle pouvait faire était de gémir.

"J'ai eu beaucoup de femmes, mais aucune n'est aussi bonne que toi." Il brossa les cheveux de son visage. "Oui, il y a une chose que je peux faire pour toi. Rends ta fin paisible et indolore. Mais tu dois faire quelque chose pour moi."

Danny dénoua le bâillon et le tira entre ses lèvres.

"Je ferai n'importe quoi." Elle parla doucement, le regardant à nouveau. «Tu peux me faire ce que tu veux, mais ne me blesse pas. Laisse-moi partir.

Il lui rendit son sourire, mais avec un demi-sourire diabolique, mais elle pouvait aussi détecter un certain degré de compassion humaine.

"Je ne peux pas te laisser partir. C'est ce que je fais."

"Non. Tu n'as pas à faire ça."

Il passa doucement le pistolet sur ses lèvres.

Le contact du métal froid la fit frissonner.

"Tu me rappelles quelqu'un. Non, tu me rappelles un ange dont j'ai rêvé une fois. C'était un cauchemar. J'étais encore au lycée. Mais le rêve était mauvais parce que tu étais un ange gardien et le démon t'a détruit."

Julieta remarqua qu'il l'avait appelée l'ange de son cauchemar.

Cela lui a donné quelque chose sur quoi travailler.

«J'ai échoué cette fois. Mais je suis de nouveau ici et cette fois je vais te sauver.

Danny sourit.

"Ce n'est pas un cauchemar et ..." il regarda autour de lui. "Où sont les démons?"

"C'était un rêve. C'est réel. Les démons sont autre chose."

"Rien d'autre?" La rivière. "Qui sont?"

Elle devait réfléchir rapidement, maintenant qu'elle réalisait qu'il avait la capacité de voir qu'elle essayait de le manipuler, déplaçant ses pensées dans sa direction.

"Vous avez sûrement des ennemis là-bas"

Danny regarda la fenêtre et son verre sale et cassé.

Il devenait léger et des sons lointains de sirènes de police ont commencé à se faire entendre.

"Oui, j'ai des ennemis là-bas."

"Je peux te sauver de ces ennemis. Réussir là où j'ai échoué la dernière fois. Mais si tu m'élimines, l'ennemi ..."

"Tais-toi!" Danny cracha ses mots.

Julieta s'est rendu compte que son stratagème ne fonctionnait pas. Ou oui?

«Vous ne savez pas ce que c'est que d'être pauvre. Laissez la police vous harceler pour des choses que vous n'avez jamais faites. Ils me traînaient et me battaient jusqu'à ce que j'avoue des crimes que je n'ai jamais commis. Il se leva et la colère en lui se répandit. "Ils l'ont abattu de sang-froid."

"À qui?"

"A mon frère!" Il serra la tête de frustration. "Ils l'ont tué de sang-froid. Il essayait juste d'échapper aux voleurs de banque. Il s'était échappé et s'était enfui, et ils l'ont abattu dans la rue."

Julieta a commencé à absorber son chagrin et à comprendre.

Lorsqu'elle était elle-même au lycée, elle se souvenait de l'époque où la police avait tué un otage.

Un accident, ont-ils dit.

Danny était-il lié à la victime?

«Je me souviens maintenant» murmura-t-elle.

Danny se retourna et tint le pistolet à l'arrière de sa tête.

«J'étais là avec ma mère qui attendait. Nous l'avons vu passer devant nos yeux. Nous pouvions voir que Bobby levait les bras vers eux et puis nous avons entendu les coups de feu et il est tombé au sol. Ma mère était hystérique et je ne pouvais pas bouger.

"Ce était un accident."

"Non. Ils s'en moquaient. Ils l'ont laissé mourir dans la rue. Un policier a même tiré le dernier coup de près qui l'a finalement libéré de sa douleur. Maintenant, vous voyez pourquoi ils sont l'ennemi."

"Mais pourquoi faites-vous ces choses?" Demanda Julieta.

Danny lui tira les cheveux, levant la tête pour lui faire face.

La douleur la fit hurler.

"Tu te trompes." Il regarda son visage et vit la torture qu'il lui instillait. "Je ne suis pas ton ennemi."

"Tout le monde est mon ennemi."

"Je suis votre ange gardien, souvenez-vous."

"Va te faire foutre!"

Il relâcha sa prise et s'agenouilla derrière elle, faisant courir l'arme le long de sa colonne vertébrale.

Ses yeux captèrent la forme douce de ses fesses et l'odeur de son corps, crasseux mais stimulant pour ses sens.

Il posa le pistolet à côté de lui et ouvrit son pantalon, libérant la dureté qui touchait maintenant sa peau.

"Je vais te baiser mon ange." Il a chuchoté à voix haute.

Julieta pouvait le sentir séparer ses fesses et faire courir ses doigts sur son sexe.

Elle ferma les yeux par anticipation puis sentit son sexe glisser entre ses lèvres sèches.

Il entra lentement en elle puis commença à la frapper avec chaque secousse de ses hanches.

Elle agrippa ses mains fermement et revit le viol qu'elle et Jimmy avaient préparé.

Dans son esprit, elle se dit que c'était Jimmy.

Il n'y aurait pas d'orgasme culminant pour elle, mais Danny atteignait rapidement le sien alors il gémit et attrapa ses hanches jusqu'à ce qu'elle sente son feu tirer en elle.

Danny s'effondra à côté d'elle et elle ouvrit les yeux pour le regarder.

«Êtes-vous fier de ce que vous avez fait? Cela vous a-t-il fait du bien? elle a demandé avec chaleur.

Il ouvrit les yeux et la regarda.

"C'est ce que je fais."

CHAPITRE 20

Stevens et les deux officiers fidèles qui l'accompagnaient se frayèrent un chemin à travers le trafic matinal chargé vers l'ancien quai.

Cette fois, ils avaient de la compagnie, Jimmy Clarkson.

«Souviens-toi, Clarkson, tout cela est secret. Pas un mot à personne d'autre. Est-ce clair? Stevens lui a dit. "Nous pouvons le faire sans problème et personne ne remarquera rien d'inhabituel"

Jimmy fit une pause, son esprit tournoyant.

Maintenant, il savait que Stevens avait quelque chose à voir avec tout cela.

Mais Jimmy ne s'inquiétait que pour Julieta.

"Eh bien c'est bien, mais dépêchez-vous!"

CHAPITRE 21

Julieta était allongée sur le matelas, se remettant de son calvaire.

Cette fois, il l'avait attendue et elle avait déjà appris de l'autre expérience.

Maintenant, elle attendait de mourir.

Danny se tenait près de la fenêtre donnant sur la rivière et le pont suspendu qui la enjambait, reliant une moitié de la ville à l'autre.

Ce matin-là, les moments solennels du jour de la mort de son frère lui avaient été rapportés.

Des souvenirs qui avaient été gardés dans son esprit pendant des années et qui lui avaient également laissé une trace de regret pour ce qu'il venait de faire.

"Quand vas-tu finir ça pour moi?" Julieta a demandé "J'attends de mourir!" Elle a crié.

Elle était déjà au-delà de toute panique et s'était résignée à la torture et à la menace qui l'entouraient.

"Avez-vous déjà vu la ville le matin?" Je demande. "La rivière. La façon dont le soleil levant brille sur l'eau? Cette lueur chaude et apaisante et le chaos qui l'entoure?" Il se tourna pour regarder son captif. "Vous faites partie de tout cela. La beauté dans le chaos."

Les doubles portes de l'atelier s'ouvrirent brutalement et des coups de feu retentirent, résonnant autour du plafond de la pièce.

Danny sentit les balles le frapper, trancher sa chair comme des coups chauds et durs.

Julieta hurla et se recroquevilla sur le matelas.

Danny inspira brusquement alors que la douleur commençait à envahir ses sens et regarda les deux hommes tenant leurs fusils.

Il sourit en s'appuyant contre le mur, glissant lentement vers le sol.

Stevens entra derrière les hommes et se dirigea vers lui.

"Tu m'as." Il murmura en regardant la grande silhouette de Stevens.

Il leva l'arme sur Stevens, qui réagit rapidement en pointant son arme.

"Ne t'inquiète pas, c'est vide." Le pistolet est tombé au sol et Stevens l'a rapidement récupéré.

Le magazine était vide.

Jimmy se précipita et réconforta Julieta.

Stevens recula et regarda la vie de Danny s'éloigner de son corps.

"Viens et trouve les autres!" il a ordonné à ses officiers.

CHAPITRE 22

Billy Gaylor se prélassait au bord de sa piscine, se détendant un autre jour ensoleillé lorsque son téléphone portable sonna.

"Salut ... Bob, quoi de neuf ?"

Bob était paniqué en expliquant ce qui s'était passé la veille dans son bureau.

"Ecoute, je peux gérer ça. Vas-y doucement, je t'appellerai, d'accord ?"

Billy éteignit son téléphone et se tourna vers le garde du corps à côté de lui.

«Il semble que nous ayons un autre corps à prendre en charge. Ce ne sera pas un problème, non?

Il composa le numéro de téléphone portable de Danny et attendit qu'il réponde.

«Danny ? Tu es là ?

"Devine qui je suis, Billy" répondit Stevens. «Danny n'est pas disponible pour le moment, j'en ai peur. En fait, je ne pense pas qu'il le sera un jour. Toi et moi devons être sérieux.

"Qu'est-ce que tu as fait Stevens ?"

"Ce que j'ai dit que je ferais. Retrouvez-moi à l'endroit habituel. Et partez seul cette fois."

CHAPITRE 23

Jimmy a accompagné Julieta à son appartement.

Je pouvais entendre la douche couler et ses pleurs alors qu'elle se lavait dans la douce brume d'eau chaude.

Il ouvrit la porte de la salle de bain et la vit agenouillée à l'intérieur du meuble en verre dépoli, réalisant que tout cela n'avait servi à rien et n'apporterait pas la vraie justice.

Les violeurs dans les transports publics étaient terminés.

Julieta avait atteint la moitié de ses objectifs, mais les manipulateurs seraient libres.

Il est retourné dans le salon et a regardé la table basse et a pris trois photos de lui-même alors qu'il était dans la rue la semaine dernière.

Il y avait une lettre jointe à l'un d'entre eux qui disait simplement:

"Votre amant. Ces photos provenaient des violeurs des transports en commun. J'ai pensé que vous pourriez en faire bon usage et lui faire savoir si nécessaire."

Julieta entra dans le salon enveloppée dans son peignoir.

Elle enroula ses bras autour de Jimmy derrière lui et l'étreignit fermement.

«Ces photographies? Je demande. «Qui vous les a envoyés?

Elle les regarda et secoua la tête.

«Je n'ai aucune idée. Ils sont venus à ma porte l'autre jour. De toute évidence, quelqu'un a pensé à moi, que je faisais partie du gang.

"Un repentant."

"Peut-être, qui sait?" Elle prit les photos de sa main et les jeta sur la table. "Cela n'a plus d'importance maintenant. Les violeurs sont partis."

"Ce n'est pas fini. Votre patron et les autres sont toujours libres." il a dit.

"Je pense que nous en avons fait assez. Laissons-nous simplement là. Je ne veux plus de problèmes."

CHAPITRE 24

Billy s'est rendu seul au terrain vague dans sa voiture de sport.

Stevens et ses deux escortes attendaient depuis un certain temps avant que Billy ne s'arrête à côté d'eux.

Billy était fou de rage quand il est sorti de sa voiture.

"Sortez de là, montrez votre visage!" cria-t-il à Stevens.

Stevens sortit et fit face à Billy, qui le regarda.

"D'accord, je suis sorti. Et maintenant?"

"Je peux les laisser dans la merde quand je veux. Ils ont tout foiré."

"Non. Nous avons résolu un problème que vous avez aidé à démarrer." Répondit Stevens. "Et il n'y a pas de problème. Le métro et les bus sont à nouveau sûrs."

"Et la pute mexicaine et son amant?"

"Qu'est-ce qui ne va pas avec eux, Billy? Est-ce qu'Andrews et toi voulez faire quelque chose à ce sujet? Est-ce qu'ils veulent se plonger dans une merde plus profonde? Et ne se soucient-ils pas de ce qu'ils ont l'intention de faire là-bas?"

"Les corps. Et Danny et son peuple?"

"Ils ont disparu. Personne ne les manquera, car ils n'ont personne qui s'en soucie." Stevens a répondu avec un sourire fier. «Alors tout dépend de toi et d'Andrews. Et tu n'as aucune preuve que nous étions impliqués maintenant que Danny est en dehors de la scène.

"Mais la fille et le garçon savent tout."

"Ils? Je leur ai juste parlé. Ils n'ont pas d'avenir tous les deux ici. Ils rêvent comme tout le monde. Vous pourriez les aider tous les deux financièrement. Réalisez leurs rêves." Stevens fourra une feuille de papier dans la poche de la chemise de Billy. "Appelez ça une facture pour les services rendus. Il vaut mieux la payer en entier si vous et Andrews voulez rester abstinents à l'avenir. Vous et moi savons combien coûte le silence ces jours-ci. Ce n'est pas bon marché."

Stevens retourna à sa voiture et sourit à Billy alors qu'ils s'éloignaient.

Billy a sorti le journal et l'a lu.

Une demande d'argent pour le silence de la journaliste et de son amant, et que Stevens allait maintenant superviser qu'il obéissait.

FIN

www.ingramcontent.com/pod-product-compliance
Lightning Source LLC
LaVergne TN
LVHW041219150826
845673LV00001B/452

* 9 7 9 8 2 3 0 4 7 0 8 5 4 *